U0909882

小梦通学路

刘梦迪　著

中国财富出版社有限公司

图书在版编目（CIP）数据

小梦通学路 / 刘梦迪著 . —北京：中国财富出版社有限公司，2022.3
ISBN 978-7-5047-7678-5

Ⅰ . ①小…　Ⅱ . ①刘…　Ⅲ . ①散文集—中国—当代　Ⅳ . ① I267

中国版本图书馆 CIP 数据核字（2022）第 049701 号

策划编辑	孙　勃	**责任编辑**	朱亚宁	**版权编辑**	李　洋
责任印制	尚立业	**责任校对**	卓闪闪	**责任发行**	杨恩磊

出版发行	中国财富出版社有限公司		
社　　址	北京市丰台区南四环西路 188 号 5 区 20 楼	**邮政编码**	100070
电　　话	010-52227588 转 2098（发行部）		010-52227588 转 321（总编室）
	010-52227566（24 小时读者服务）		010-52227588 转 305（质检部）
网　　址	http://www.cfpress.com.cn	**排　　版**	宝蕾元
经　　销	新华书店	**印　　刷**	宝蕾元仁浩（天津）印刷有限公司
书　　号	ISBN 978-7-5047-7678-5/I · 0342		
开　　本	880mm × 1230mm　1/32	**版　　次**	2022 年 5 月第 1 版
印　　张	8.25	**印　　次**	2022 年 5 月第 1 次印刷
字　　数	128 千字	**定　　价**	59.00 元

序言

一个人，忠于一条路，要多久才能不留遗憾……

这就是作为本书策划编辑的我，看完小梦全部故事后的最大感受。这条通学路，物理上连接着家和学校；情感上牵系着亲人和朋友；心理上承载着过去和未来。无论是欢愉、尽兴、天真烂漫，还是悲伤、愤懑、精于算计，成长从来都不意味着纯粹的牺牲，成熟也并不是虚假和无情的代名词。

小梦的通学路上，有“石头、剪刀、布”，有极苦的“蓝莓”，也有在妈妈的自行车上的谈话和小商店的主人为小梦保留的“特殊秘密”。但无论有过怎样的遭遇，处于何种境地，故事依然在继续，它发生于过去、现在，也涉足未来。

有人说：青春是懵懂的，孩子是天真的。我说：一切都是平淡无奇的。当发现最好的朋友“小秋”居然是男孩子时，你永远想不到，擦肩而过来得如此突然；当无助的阿酱被同学欺负时，你永远想不到，懦弱与恐惧到底哪一个更加卑微；当四季变换尽显于一棵樱花树前时，你永远想不到，无论多么惊心动魄的历程，都会化作微风细雨，不经意间敲打着你的周身。

遗憾并不能成为畏惧成长的借口，也不能让时间停滞。读或不读，故事就在那里，我无法改变你的意识，更不能篡改你的回忆，但希望，这本书能够让你脑海中的记忆色彩丰富起来，至少不再是一片黑白世界。

人生太短，这篇序言和故事也都不长，愿这本书有资格配得上你手边的这杯咖啡；愿世故的我们能像小梦那样，忘掉遗憾，回归本真；愿归来的你依然是当初的模样……

孙　勃

2022年3月

告别姥姥姥爷

1998年夏天，长春的天气不冷不热，窗外偶尔有几声蝉鸣，和所有6岁的小朋友一样，小梦在幼儿园开心地上着美术课。牛老师——最受小朋友欢迎的老师，穿着白大褂，笑容甜甜的，让人觉得十分亲切，班里的每个人都想黏在她身边，小梦也不例外。牛老师蹲在地上帮小朋友们画画，小梦拿着笔和自己的画也靠了过去，成功靠在牛老师身边的喜悦，让小梦忘记了一切，开心地笑着、画着。

突然间，小梦看到牛老师崭新的白大褂上，被画上了一道黑色的线，而围在牛老师身边的小朋友里，只有自己手中拿着笔，小梦的脑子一片空白。教室里其他小朋友的欢笑声，渐行渐远，小梦拿着笔呆呆地站在那里，想着该如何开口向牛老师承认错误，也想着牛老师知道自己犯错后，会不会批评自己，又或者从此以后，牛老师再也不会对自己微笑了。

就在小梦迷茫无助的时候，教室门口，出现了姥爷的身影。姥爷告诉老师，家里有些事情，要早点儿接小梦回家。姥爷的出现让小梦如释重负。更让小梦意外的是，今天来接自己回家的除了姥爷，还有妈妈。是的，是妈妈，就是从来都没有来幼儿园接过自己的妈妈。爸爸妈妈在小梦很小的时候就去日本留学了，每次小梦向姥姥姥爷哭喊着要爸爸妈妈的时候，姥姥姥爷都会对小梦说："小梦啊，你太挑食了，你吃的奶粉太贵了，爸爸妈妈只有去日本打工，才有钱买奶粉，才养得起你！"而今天，妈妈竟然来幼儿园了！姥爷旁边的那个人真的是妈妈！

明天吧，明天再和牛老师好好道歉。

只是小梦不知道，她的明天，有着完全不一样的故事……

去往机场的路，不远不近，小梦新奇地看着窗外。不一样的建筑，不一样的大树，让小梦发现这并不是平时去吉林看奶奶的路。姥爷告诉小梦这是去飞机场的路。小梦马上就要坐飞机了！这是小梦人生中第一次坐飞机！出发以前，小梦知道自己要去日本了，但没想到，还需要在北京转机。1998年的长春还没有国际机场，大多数出国的人，都需要先到北京、上海或者广州这些有国际机场的大城市转机。和小梦一起出发的，除了妈妈，还有常年在日本定居的二姨和表弟畅畅，他们回长春一来是看望姥姥姥爷，二来就是专程陪妈妈一起接小梦去日本。表弟畅畅出生在日本，在畅畅的描述中，日本是个很有意思的地方，有很多好吃的、好玩的、好看的。因为畅畅的爷爷住在北京，所以飞日本之前，大家还要在北京做短暂停留。

去机场的路比小梦想象得要远，一路上畅畅不停地跟姥姥姥爷聊着天，但是小梦能感觉到姥姥姥爷心不在焉，他们的目光总是投注在自己身上。姥姥紧紧搂着小梦，让小梦完全靠在自己身上。畅畅兴奋地向所有人描述着故宫、长城、天安门，还有烤鸭、糖葫芦、炸酱面。但是，这一切对小梦来说，远远没有飞机带来的诱惑大！小梦一会儿看看姥姥姥爷，一会儿看看窗外，不想错过每一次看大飞机的机会。小梦已经听腻了畅畅描述的关于飞机的一切——穿制服的漂亮阿姨、好吃的汉堡包、好喝的可乐、窗外飘来飘去的云彩……此时的小梦，只想用自己的眼睛去看看这一切。

“到了，到了，我们到了！”畅畅兴奋地喊起来，飞机突然出现在车窗外。

但不知为什么，小梦突然变得紧张起来！也许是想到自己是同行的四个人里唯一没有坐过飞机的人，唯一没有去过日本的人，心里有些忐忑，怕自己出丑，也怕遇到自己无法应对的危险，当然还有即将与姥姥姥爷分别的不安。

小梦懵懂地跟着妈妈、二姨和表弟，大人们边拉着行李，边不停地叮嘱小梦和表弟：“快一点！”“快跟上!”“喝水吗?”“要不要去厕所?”此时的小梦脑子里一片空白，她只是机械地点头或者摇头。小梦记得每次妈妈从日本回长春，姥姥姥爷都会带小梦去机场接妈妈，好心的工作人员为了让小梦早点见到妈妈，都会主动把小梦带去行李转盘边。那个时候的长春机场虽然很小、很破，但是真的很有人情味。小梦跟着妈妈，一路试图寻找自己最熟悉的行李转盘，但是不知不觉间一行人已经走到了候机室的落地玻璃窗前。

窗外的停机坪上停着好多架飞机，小梦和表弟看到大飞机兴奋不已，又不得不克制自己的尖叫。突然间，小梦像发现了宝藏一样，盯住了机场出入口的台阶。小梦仔细地看着，确认着，又回头望了望身后，轻声地问妈妈："坐在台阶上的两个背影是不是姥姥和姥爷？"妈妈和二姨点点头。表弟兴奋地喊起来："是姥姥和姥爷！是姥姥和姥爷！姥姥！姥爷！"小梦也喊了起来。两个人，四只小手，用力地拍打着玻璃，却唤不到姥姥和姥爷的转身，他们留给小梦和表弟的只是一个背影。小梦终于忍不住问妈妈："妈妈我什么时候再回幼儿园上课？"妈妈对小梦说："你很快就会去幼儿园上课，只是你要上的是日本的幼儿园。"

此时的小梦，好像突然明白了什么。小梦懂了，为什么最近这段时间姥姥和姥爷看自己的眼神有些不一样；为什么最近家里的餐桌上都是自己喜欢吃的菜，连早饭都能喝到鲫鱼汤，吃到梅干菜扣肉饭、香辣土豆丝和烧茄子；为什么花钱十分谨慎的姥爷，居然一口气把幼儿园门口小摊上小梦喜欢的玩具全买了；为什么那天夜里自己饿了，平时不许小梦吃泡面的姥姥，半夜三点竟然爬起来，给小梦煮了一碗泡面。

想到这里，小梦呼喊姥姥姥爷的声音更大了，听到小梦提高了嗓门，表弟也提高了声调，看到表弟拍打玻璃的频率更快了，小梦也不示弱，两个孩子就这样喊着，拍着……妈妈和二姨，叹了叹气，摸了摸小梦和表弟的头。

此时的小梦，已经完全忘了牛老师，忘了白大褂，小梦第一次感觉到了分别……

但是小梦不知道，这一次分别后，与姥姥姥爷再次见面，已是两年后。

玻璃屋叔叔

“那是大海吗？”坐在舷窗边的小梦轻声问妈妈。“对啊，那就是大海啊！”妈妈回答道。上飞机前，表弟闹着要坐在舷窗边，二姨十分仗义地把舷窗边的位置留给了小梦，一来这是小梦第一次坐飞机；二来小梦是姥姥家唯一的女孩，在家里是妥妥的小公主，全家的掌上明珠。

小梦至今还记得，从长春飞往北京的飞机和从北京飞往日本的飞机是完全不一样的。从长春飞去北京的时候，飞机一路飞过很多座山，一些山即使是在夏天，山顶也有皑皑的白雪，山峰间时不时有白云飘过。而飞往日本的飞机，起飞没多久就到了大海的上空，碧蓝的海水就在脚下。有时候天空是灰色的，海水也是灰色的，有时候天空是蓝色的，海水也是蓝色的。一路上，小梦最开心的事就是吃飞机餐，穿着漂亮制服的阿姨，推着车来到小梦的座位旁边，蹲下身递给小梦一个托盘，托盘里有餐具和各种装有食物的小盒子，花生蛋糕、汉堡包、水果都被放在不同的小盒子里，精致又好看。就在小梦忙着欣赏食物的时候，阿姨又耐心地询问小梦想喝什么饮料，那一刻小梦觉得十分幸福，推车上那么多饮料，自己可以随意选择。小梦看到表弟要了一杯雪碧和一杯可乐，想了想还是选择了自己最喜欢的橙汁。看着云朵在窗外飞来飞去，听着好听的音乐，吃着好吃的汉堡包，此刻的小梦觉得自己太幸福了！

一直盯着窗外的小梦看到机翼下方零零星星出现了一些白点，这些白点有大有小，镶嵌在一片蓝色的“幕布”之上，在离这些小白点不远的地方，小梦又发现了许多密密麻麻的小方块，这些白色的小方块排列得很整齐。就在小梦仔细观察的时候，妈妈拍了拍小梦的肩膀说：“小梦，我们快到了，你看下面那些小白点都是船。”听到“船”字，昏睡多时的表弟，突然睁开了眼。“船？哪儿有船？船在哪儿呢？我怎么没看到啊？”飞机飞得很快，一眨眼就飞过了海面，刚刚在天上看到的白色小方块，原来是一栋栋白色的小房子。表弟还在嘟囔着“我还没有看到船呢”时，飞机就已降落到地面上了。突如其来的猛烈颠簸，让小梦和表弟差点儿从椅子上弹起来，妈妈一把按住了小梦，二姨一把按住了表弟。

小梦心里明白，自己到日本了。

小梦拉着表弟，跟着妈妈和二姨，随着人流一起下了飞机。所有人走到一个有一排玻璃房子的地方，都停了下来。这些玻璃房子很小，每个玻璃房子里面只能坐一个人，一些穿着同样制服的叔叔就坐在里面。排队的人，在靠近玻璃房子前，都要拿出一个小本本，并把它交给在玻璃房子里工作的叔叔，叔叔把小本本还给他们以后，他们才能继续往前走。

小梦一边排队，一边看，觉得很有意思。小梦发现，在排队的人群中，有些叔叔、阿姨拿的小本本和自己的不一样，他们的小本本是不同颜色的，为什么他们有别的颜色的小本本？但小梦最想知道的，还是玻璃房子里的叔叔拿过小本本要做什么？这个问题，很快就有了答案。

盖章！原来玻璃房子里的叔叔们在盖章！

在妈妈的帮助下，小梦把自己的小本本递给了叔叔。小梦非常喜欢自己的这个小本本，因为小本本上贴的是自己最喜欢的照片！照片上小梦穿着米奇背心。小梦眼前的这个叔叔，接过小梦递来的小本本，迅速地翻开，叔叔仔细地看了看小本本，又仔细地看了看小梦，突然拿起手边的印章，盖在了小本本上，小梦被吓了一跳，但很开心，因为叔叔很快就把小梦和妈妈的小本本还了回来，这样她们就能快一点去追走在前面的二姨和表弟了。

玻璃房子的盖章经历，让小梦觉得既新奇又有趣，原来盖章也是一份工作，这份工作可太好了！首先，能够像售票员一样，在别人站着的时候，坐着工作；其次，和收银员一样，可以管理每一个人，让每个人交出自己的小本本，太酷了！但最重要的是，这份工作内容是盖章！在每个人的小本本上盖章！而且是每天在每个人的小本本上盖章！真是太幸福了！这份工作真的比做幼儿园老师还要好！小梦发自内心地喜欢这份工作。

不过玻璃房子带来的幸福感，在走进机场大厅的一刻就结束了。

球球的秘密

“中国北京からの東方航空526便がただいま到着いたしました。”（迎接旅客的同志请注意，由北京飞来本站的东方航空MU526次航班已到达。）一个非常温柔的女声广播，一直在不远不近处回荡，小梦虽然听不懂广播里的人在说什么，但她非常喜欢这个声音，感觉比牛老师上课的声音听着还要让人舒服。她的语调轻轻的，但又说得很清楚，让人想一遍一遍地听下去。

妈妈和二姨拉着小梦和表弟，一路跟着人群继续向前走，小梦隐隐闻到了一股香气，小梦觉得这个香味甜甜的、暖暖的，有点儿像草莓酱，又有点儿像苹果酱，表弟却说是橘子酱。虽然这里对小梦来说，是一个陌生的国家，陌生的城市，陌生的机场，但是这甜甜的香气，却给了小梦温暖的感觉，一个独属于关西机场的温暖的感觉。就是从这一刻开始，这个气味，深深地刻在了小梦的脑海里，萦绕着，牵引着，直到现在，每每想起关西机场，小梦最先忆起的还是这温暖的甜香，这让她心安、愉悦、舒服的甜香。

关西机场的大厅比长春机场和北京机场都要热闹许多，来来往往形形色色的人们，穿着样式各异的衣服，他们的造型有很多是小梦从来没见过的。哇，那个爷爷好有趣，他穿了粉红色的衣服；那个叔叔的头发好长，比妈妈的还要长；那个阿姨的书包怎么那么大，感觉都可以把表弟装进去了；哎，我喜欢那个女孩，她穿了一条米奇的裙子……这些人拉着不同的行李箱，在机场大厅里朝着不同的方向走来走去，每个人看起来都很着急，他们走路的速度比长春人快很多，但大家都很有秩序，谁也不会撞到谁。这一切在妈妈、二姨和表弟看来，没有什么稀奇，但对初到日本的小梦来说，真的是两只眼睛不够用，小梦心想，我给姥姥姥爷打电话的时候，可一定要给他们好好讲讲这些有趣的事儿。

除了这些旅客，大厅里还有很多穿着好看制服的叔叔阿姨，他们一直在微笑，平时没事儿就喜欢傻乐的表弟，在这里特别受欢迎，他一笑，这些穿制服的叔叔阿姨就会更开心地对着他笑，有时候还会用日文和表弟聊上几句，妈妈和二姨也会礼貌地用日文回答一些问题。这些很平常的交流，却让小梦觉得十分紧张。小梦心里有些埋怨自己，在长春的时候，姥姥姥爷让自己背了好多日文单词，但是贪玩的自己都没怎么用心记，现在可好，什么都听不懂，什么也不会说。看到大家有说有笑的，小梦有点儿失落，有点儿沮丧，要是他们都不在的时候，有人跟自己说话怎么办？果然，一个阿姨用日文对着小梦说了一句话！小梦感觉天要塌下来了。更可怕的是，小梦知道，完了！球球来了！球球跟来日本了！

小梦有一个小秘密，从小时候起，每次小梦觉得紧张的时候，肚子里好像都会长出一个气球，随着紧张和恐惧情绪的增加，气球会变得越来越大，气球变大的时候小梦感觉自己的大脑一片空白，自己所有的注意力都在这个球上，身边的一切都静止、凝固了。只要球球一出现，小梦就有一种什么都不想做、生无可恋的感觉，会不由自主地生出一种抑郁感，“我在干什么？我为什么活着？什么都没有意思！”这种感觉强烈地控制着小梦的身体，让她无所适从。虽然小梦很怕这个气球，但是她常常不请自来，小梦也没办法。时间久了，就当是多了个朋友，小梦给她起了个名字——球球。参加唱歌比赛的时候，球球会来；急着赶车的时候，球球会来；找不到姥姥姥爷的时候，球球也会来。到日本后的很长一段时间里，每天晚上躺下睡觉的时候，球球都会跑出来折磨小梦，焦虑的她便开始抠墙上的硬泡沫，不知不觉间，小梦把墙抠出了一个洞。不过，球球也有她可爱的地方，虽然她脾气不好，但来得快去得也快。有时候，一块糖，一个冰激凌，一瓶汽水，一条漂亮的裙子，一个好看的发卡，或者妈妈的一个拥抱，就可以让球球消失。但随着年龄的增长，好像球球也长大了，虽然她出现的频率没有以前那么高了，但似乎她的脾气越来越大，越来越难哄，小时候的那一套也不再起作用了。

不知不觉间，一行人走出了取行李大厅。

“お父さん！お父さん！”（爸爸！爸爸！）表弟用日语朝着不远处呼喊着，并使劲招手！

而小梦看着人群，嘴里也轻轻地喊了声——爸爸！

日本初印象

小梦对日本最初的印象，严格地说，是对爸爸的印象。

和很多父母在海外打拼的小朋友一样，小梦概念中的家长就是姥姥姥爷或者爷爷奶奶。很多人都问小梦，是不是很羡慕其他小朋友，可以每天都见到爸爸妈妈。其实这对被姥姥姥爷的爱包围着的小梦来说，并没有什么好羡慕的。每天姥姥姥爷都第一个到幼儿园接小梦回家，幼儿园门口的玩具和零食，如果小梦想要，姥姥姥爷隔三岔五都会买给小梦。比起那些抱着爸爸妈妈大腿，在街上打滚要玩具的小朋友，小梦觉得自己太幸福了。更何况，因为姥姥姥爷已经退休了，小梦想去公园，随时可以去，想玩多少次滑梯就能玩多少次。很多被爸爸妈妈拧着耳朵从滑梯上拽走的小朋友，都十分羡慕小梦。不过不好的一个方面就是，在小梦成长的六年里，她只见过爸爸妈妈三次，爸爸妈妈因为忙于工作和学业，常常只能轮流回长春看她。所以在小梦的记忆里，几乎没有爸爸妈妈同时出现的画面。关西机场的这次接机，应该是小梦人生里第一次见到爸爸妈妈同时出现。想到接下来的时光，自己每天可以像表弟一样，和爸爸妈妈生活在一起，小梦的心情，既快乐又担忧。快乐的是，自己终于和其他小朋友一样，可以每天喊爸爸妈妈了，担忧的是，怕爸爸妈妈不喜欢自己，怕自己做错事惹他们生气，怕自己听不懂日语给他们惹麻烦。

“姨夫，我看见姨夫了！”表弟对着小梦的爸爸挥手，大喊道。

其实，小梦很早就看到爸爸了。在看到爸爸的一瞬间，小梦发现爸爸的目光也盯在了自己身上，小梦心里变得无比慌张，她不知道自己应该看向哪里，她渴望仔细地观察爸爸，但是又不敢跟爸爸对视。小梦看到爸爸一直在用力地向他们招手，妈妈和二姨忙着拉行李，并没有看到爸爸，即使这样，爸爸也没有放弃，还在拼命地挥手，恨不得一步跨到他们身边，爸爸看起来很笨拙也很执着。小梦继续偷偷地观察爸爸，她发现爸爸看自己的眼神，和爷爷奶奶的慈祥不一样，那是一种带着骄傲的满足感，饱含着温情，像午后的阳光一样灿烂。

那一天，爸爸穿了一件衬衫，头发梳得很整齐，小梦穿着连衣裙。在帮妈妈把行李放到手推车上之后，爸爸蹲下身，搂着小梦和表弟拍了一张合影，这是小梦到日本后拍的第一张照片。在这张照片里，有一段时间没有见到姨夫的表弟，见到小梦的爸爸后十分开心，两个眼睛眯成了一条缝，露着小豁牙，满脸都是胜利归家的喜悦，他举起的V字形手势，这是胜利的标志，也是成功的标志。而在爸爸另一侧的小梦，脸上的笑容有些拘谨，有些羞涩，有些不安，她举起的V字形手势，更像是一种宣誓，一种“我会好好听话，我要好好表现”的宣誓。小梦和表弟两个人中间的爸爸，看起来帅气而慈祥，虽然紧紧抱着小梦，但是小梦的身心其实都有些抗拒，这是她生物学上的爸爸，但此时此刻，在她的心里，他更像是一个陌生人。

离开机场，大家坐上了爸爸租来的车。路上表弟开心地对小梦说，等一下会先到他家。表弟兴奋地想要给小梦看他说过的各种玩具和零食，但看着窗外的风景，小梦心里更感兴趣的是自己的家是什么样子，接下来她要生活的地方是什么样子的，他们等下路过的地方能否看到面包超人。

告别了表弟和二姨，小梦终于和爸爸妈妈踏上了回自己家的路。小梦发现，车窗外的小房子比在飞机上看到的更整齐，每一栋房子，都有差不多一样的门窗。这些小房子离得很近，街道上也没有很多人，房子门口有的放着自行车，有的放着花盆，有的晾着衣服。这些街道和房子都非常干净，让人觉得很亲切，很舒服。此时的小梦更加好奇，等待自己的究竟是一个怎样的房间，怎样的家。

你好！我的家

离开电车站，爸爸妈妈拖着行李，拉着小梦，走在弯弯曲曲的小路上，在高高低低的建筑间穿梭。小梦知道这个叫尼琦的地方，就是她在日本的家。虽然这座城市的综合排名位列日本第15位，但依然有很多让小梦觉得新奇、有趣的美好事物。

爸爸妈妈一路上聊着长春和北京的趣事，两个人说说笑笑，爸爸时不时也会问上小梦几句，问她旅途中有什么趣事，在北京去了哪些好玩的地方，吃了什么好吃的东西，坐飞机有没有不适应，小梦礼貌地一一回答。小梦紧紧牵着爸爸的手，生怕被遗落，一路上手心湿了几次，爸爸让小梦别紧张，但是小梦还是控制不了自己。每次爸爸让小梦换一只手牵的时候，小梦都要先拉好爸爸的另一只手，然后再慢慢松开正在拉着的满是汗水的这只手。在刚到日本的一段时间里，这种紧张感对小梦来说，难以克服，每次换手，小梦都怕一瞬间和爸爸走散。

天色渐渐暗了下来，一路的奔波，让小梦有些疲乏，走在路上，调整书包肩带的频率越来越高，爸爸看出了小梦的疲惫，提出帮小梦拿书包，但此刻生怕给爸爸妈妈添麻烦的小梦，坚持自己拿书包。爸爸妈妈拗不过小梦，也只好由着她，夕阳里，一家人朝着家的方向走去。突然，爸爸指着一棵大树，对小梦说："小梦，你看到那棵樱花树了吗？那棵树旁边的房子就是咱们家！"小梦顺着爸爸手指的方向望去，在不远处有一栋白色的三层小楼，整栋楼每层都有户外走廊，走廊有镂空的护栏，每户人家的大门都位于走廊的一侧，各家门口堆放着自家的杂物，像极了小梦在电影、电视剧里看到的日本。小梦轻声问爸爸妈妈："我们住在几楼？""三楼，三楼的中间就是我们的家！"爸爸回答道。小梦仔细观察着这栋白色小楼，门口的大树，以及树旁的自行车，小梦问爸爸："这里还有别的小朋友住吗？"妈妈温柔地对小梦说："有啊，我们楼里有

很多小朋友，以后你们就是小伙伴了！”

跟着爸爸妈妈爬到三楼，爸爸掏出钥匙打开门，小梦发现自己的家很有趣。这个不太宽敞但很明亮的房子，有三扇隔断门，可以把整个房间隔成三个相对独立的空间：一进门的第一个空间是厨房和厕所，虽然不大但是设计得很紧凑；第二个空间是卧室，卧室中有两个日式的推拉门壁柜，一个壁柜里放着睡觉的时候才会拿出来的被褥，另一个壁柜里是全家人的衣服；第三个空间是起居室，也是客厅，全家人可以在这里看电视。在去幼儿园上学前的很长一段时间，客厅是小梦的最爱，每天小梦都会在这里看面包超人的动画片。起居室也有个带推拉门的柜子，这个只容得下两个6岁孩子的小壁橱，是小梦的秘密世界，小梦在壁橱里放了一盏台灯，无论是感到开心还是难过，小梦都会拿着零食和喜欢的漫画书，藏进自己的山洞，在里面做自己想做的事情。

对于这个小家，小梦最喜欢的就是每年春天，站在窗边看樱花在日光里绽放，在月光里凋零，日升日沉。属于小梦一家人的日本生活，就在这棵樱花树的枯荣里，日复一日，年复一年。

社区的邻居

回到家放好行李，快速洗漱之后，爸爸妈妈决定带小梦去超市买些东西，从这一刻起，小梦真正开始了在日本的生活。她不是一个游客，也不是一个留学生，而是一个旅居在这个国家的小侨民，从这一刻起她要学会所有的生活技能，和日本的小朋友一样，去读书、去购物。这次的超市之旅，就是她的日本购物初体验。从家到超市的距离不远不近，但有个很长的斜坡，所以爸爸推了辆自行车，妈妈牵着小梦，和爸爸并排走着。在小梦的记忆里，那条路不是很宽，路上偶然也会驶过一些小汽车，这些车四四方方的，看起来就像商店里的玩具。这里的人看起来和长春街头、北京街头的人长得也差不多，这里的树和长春的、北京的树也差不多，唯一不同的是，这里有爸爸妈妈，有小梦很想交流又不知道怎么交流的爸爸妈妈。

在去超市的路上，小梦仔细地观察着家周围的环境。小梦发现，家门口有一个小小的游乐场，小梦和爸爸妈妈走过游乐场的时候，有几个孩子在玩耍，其中有个孩子个子看起来高一点，头发黄黄的，小梦觉得很新奇，在长春的幼儿园她从来没见过头发这么黄的小孩。有四五个孩子围在黄头发孩子周围，其中一个孩子看起来和小梦差不多大，一看就是个小跟班，总是跟着黄头发的孩子。还有个三岁左右的小女孩让小梦印象深刻，她一边哭一边追着小跟班跑，好像小跟班抢走了她的玩具。如果不是急着要和爸爸妈妈去超市，小梦很想走过去好好地看一看，看看他们在玩什么游戏，看看游乐场里有什么好玩的东西，小梦心里隐隐有种感觉，如果自己能说好日语，她应该很快就可以在日本找到新的朋友，因为感觉他们玩的时候也没有说什么话，只是一直在哭哭笑笑的，也许这就是小孩子的世界吧，单纯而直接。

去超市要走过高架路下的斜坡，爸爸担心小梦累，提出让小梦坐上自行车，懂事的小梦看到斜坡很长、很陡，便坚持说不累，拉着妈妈的手，慢慢地一步一步跟着。从家走到超市要20~30分钟，一路上爸爸妈妈偶尔会碰到熟人，这些人第一次看到小梦，很兴奋也很友善。他们边开心地和爸爸妈妈聊天，边好奇地审视着小梦。看到他们，小梦有些紧张，不知道该微笑还是该说话，小梦想试着用日语打招呼，却开不了口，所以只能想办法回避各种关注的目光，像个局外人一样，看着爸爸妈妈和这些日本人交流。随着爸爸妈妈和邻居交流的深入，小梦感觉自己受到的关注度越来越高，也越来越紧张。小梦下意识地想找个地方躲起来，却不知道能去哪里。邻居们走后，爸爸安抚小梦，让她不用害怕，这些人都是邻居，以后见到了，要学着客气地点头、微笑、打招呼。爸爸告诉小梦，人们是因为看到小梦觉得开心才会微笑，能够让别人觉得开心，是件很了不起的事情。听了爸爸的话，小梦明白，虽然很怕和陌生人打交道，但自己一定要努力学会用日文和邻居们打招呼，因为这不仅是一种礼貌，也是让大家喜欢自己的方式，特别是让爸爸妈妈喜欢自己的方式。此时的小梦，想起畅畅，突然有点儿羡慕，这个憨憨的表弟，真是太爱笑了，经常哈哈大笑。不管是在日本，还是在国内，他总是很喜欢和人交流，一路上遇到的人也都很喜欢他。也许有一天自己也会和畅畅一样，不再那么惧怕和人说话，特别是和陌生人说话。

和与人打交道比起来，小梦更喜欢和狗打交道。小梦发现社区里有很多人在遛狗，小狗很可爱，还穿着漂亮的小衣服，它们还有自己的小鞋子，这些小狗看起来比长春的小狗洋气多了，真的好像狗模特。小梦心里幻想着，不知道未来能不能有属于自己的宠物，要是自己也能牵着一只穿着漂亮衣服的小狗，走在这条美丽的小路上，那真是太美好了。

神奇超市

“いらっしゃいませ。”（欢迎光临。）

“少々お待ちくださいませ。”（请稍等。）

“ありがとうございました。またお越しくださいませ。”（谢谢，期待您再次光临。）

小梦来到日本以后，最先记住的日文就是这几句，几乎每次超市或者便利店的门打开时，这些话语都会在小梦的耳边响起。有时候，走在街上，一些小商店的老板迎送客人，也会说这些句子。这个体验是小梦在长春或者北京从来没有感受过的，买东西的过程不就是拿东西，交钱，走人吗？哪里需要说话，哪里需要说这么多话！起初小梦觉得很不适应，每次听到“欢迎光临”的时候，总觉得有好多人在看着自己，随着时间的推移，小梦发现，很多时候这只是一种职业式的问候，店员在说这些话的时候，并没有抬头看自己，久而久之，小梦也就习惯了。

一直以来，“超市”这个词，只存在于表弟畅畅的描述中。畅畅每次在国内买东西的时候，都会叹气，他经常对小梦说，日本的超市有多好，每个人都有自己的小筐子和小推车，想拿什么就拿什么，而且有专门方便小朋友拿取物品的货架，这些货架都不太高，可以充分兼顾到小朋友的需求。特别是那种包装里含有小玩具的饼干，特别好看，也特别有意思。每个饼干盒里面都有隐藏的小玩具，一套可能有六七种，这些玩具有的是卡通人偶，有的是女生戴的小首饰，有的是男生喜欢的小汽车，还有各种动物模型。总之，每买一盒就有一次抽中玩具的机会，运气好，常常买，就有可能攒成一套，当然也有可能运气不好，两次或者三次买到的都是一样的玩具。畅畅一直跟小梦说，自己有很多面包超人的饼干玩具，这让小梦十分羡慕。

除了饼干盲盒，畅畅在长春也常常提到草莓酸奶。每次姥姥姥爷带小梦和畅畅去买牛奶时，畅畅都

会喊着要草莓酸奶。有一次姥姥去了好几个商店，才给他买到一盒草莓味的酸奶，畅畅喝了一口，就扔在一边，说这个酸奶味道不对，他在日本喝的草莓酸奶里有真的草莓果粒。那个时候小梦有点儿讨厌畅畅，因为就算翻遍整个长春，也不会有带草莓果粒的酸奶，畅畅的要求太过分了。但是今天，第一次站在日本超市奶制品的冷柜前，小梦却惊呆了。

冰柜里的奶制品多种多样，有纸盒装的，有塑料盒装的，有玻璃瓶装的，形态各异。冰柜里的产品，有些看起来就是给小朋友准备的。这些产品的外包装上印着各种卡通图案。有些看起来是妈妈会喜欢的，包装虽然很简单，但是容量很大。除了能够明显看出来是牛奶和酸奶的奶制品，小梦发现冰柜里还有一些自己在动画片中看到过的奶酪、黄油。突然间，小梦像发现新大陆一样，看见有一排小塑料盒上印着各种水果，虽然冰柜的冷气吹得穿短衣短裤的小梦直打哆嗦，但是好奇心还是驱使小梦进一步靠近了冰柜。小梦虽然看不懂包装上的日文，但通过看图片，小梦觉得这大概就是畅畅说的草莓酸奶。这些塑料包装盒上的水果图片，不仅有草莓，还有香蕉和葡萄，看起来所有水果都可以做成酸奶。小梦真的好想拿一盒酸奶尝一尝，试试这个让畅畅魂牵梦绕的酸奶，到底是什么味道，但是小梦控制住了想要伸出去的手，因为小梦知道随便要东西的孩子不是好孩子，即便想把整个超市都搬回家，小梦也要对爸爸妈妈说，什么都不想要、不想吃、不感兴趣。

读懂小梦心思的爸爸妈妈，在离开超市前，还是坚持给小梦买了个小零食，一个带玩具的小饼干，这是小梦拆的第一个饼干盲盒。这个小饼干是妈妈选的，妈妈认为一个女生会喜欢的饼干盲盒可能是这样的：粉红色的盒子里搭配的是女孩子可以戴的塑料小饰品，有可能是项链、戒指或者手链。那一天，小梦抽到了一个手链，这算是小梦到日本以后，拥有的第一个玩具。

记忆里的蓝天幼儿园

“叮铃铃”“叮铃铃”，楼下的自行车铃响个不停，正在背单词的小梦忍不住探出头往窗外望去，楼下的樱花树旁，几个小孩子嬉笑着跑来跑去，骑自行车的中学生，一边按车铃一边躲闪，小梦偷偷地在楼上观望：哦，原来是他们，是第一天去超市时在小游乐场看到的黄毛和他的小伙伴。小梦在窗边趴着、看着，看他们在路上跑来跑去，看他们互相推推搡搡，看他们欢呼、大笑、大叫，这让小梦有些心动，很想加入他们。但小梦又觉得，这几个人看起来又疯又凶，有点儿不太好说话。每当这个时候，小梦就有些想念长春的小伙伴和长春那个有架大飞机的幼儿园。

小梦在长春上的是蓝天幼儿园，又称空军航空大学飞训基地幼儿园，始建于1953年，算是空军系统的家属幼儿园。所以，小梦的同学基本都来自军人家庭，有着非常严格的家教。部队出身的家长，对孩子采取的是军事化管理，所以幼儿园的管理要比一般的公立幼儿园严格得多，德、智、体、美全面发展在蓝天幼儿园绝对不是一句口号，老师们每天身体力行地践行着这一宗旨。除了出操时间，小朋友们都要按照老师的要求规规矩矩地在教室里上课。所以，小梦把牛老师的衣服画花的时候，心里除了内疚，更多的是恐惧和焦虑，小梦不知道自己将会面对什么样的惩罚，即便已经坐上了来日本的飞机，想起这件事，小梦心里依旧忐忑不安，长期的严格教育，让小梦对幼儿园有着一种敬畏之心。当然，除了要求严格，蓝天幼儿园还有让小梦十分骄傲的地方：这是一所非常大的幼儿园，大到什么程度呢？幼儿园里有一架飞机！一架真正的飞机！这个幼儿园里的小朋友多半来自空军家庭，但小梦能够进入这个幼儿园，是因为小梦的姥爷，姥爷担心小梦父母不在身边，教育不好小梦，所以决定请老朋友帮忙，让小梦进了全长春管理最为严格的幼儿园。也许正是有了这段在部队幼儿园的成长经历，和同龄的女孩子比起来，小梦虽然羞涩，却有一颗果敢、强大、独立的内心，有着一股不服输的精神和一种打不垮的意志，这些对小梦后来在日本的生活十分有帮助。

零食召唤术

“小梦，妈妈要出门了，记得不要动火，不要烧水……”

“饿了就吃零食，谁敲门也不开！”小梦接过妈妈的话，清楚地回答。

“真是好孩子，小梦自己在家要乖啊！妈妈一会儿就回来！一定要听话！”

“妈妈放心吧！我知道的！”

“还有，要好好背单词啊！妈妈回来会检查的！”

“我知道了，我已经会说‘トイレ’（厕所）了！”

“小梦真乖！”

每天爸爸上班以后，如果妈妈要出门办事，单独留小梦一个人在家，妈妈都会仔细地叮嘱一番。小梦每天都会遵守和妈妈的约定，做一个听话的好孩子。有时候累了，小梦就会一个人扒着窗户往外看，盼着爸爸妈妈早点儿回来。特别是每天夕阳西下的时候，妈妈在做饭，小梦就会趴在窗边，望着小路的尽头，等爸爸回家。因为每天爸爸回来以后，都会带小梦去家附近的小公园转转，玩玩滑梯、荡荡秋千、堆堆沙子。从小梦家步行出去，有十几个这样的小公园，这些小公园就是小梦初到日本时的“迪士尼乐园”。这些小公园都不要门票，也没有人看门，24小时开放。有时候天黑了，爸爸也会带小梦出去玩。小梦最喜欢的是一个有跷跷板、独木桥和菠萝滑梯的公园。有几次跟爸爸去公园，小梦都看到了黄毛和他的朋友们，但是没有说话，也没一起玩。

直到有一天！

“小梦！小梦！快开门！”

随着一阵急促的敲门声，小梦打开了房门，眼前的情景让小梦惊呆了。妈妈提着两大袋零食，身后站着好几个小朋友，楼道远端还有人向小梦家的方向走来，他们和站在门口的小朋友用日语打着招呼。“小梦，还愣着干什么，快请小朋友到屋里坐啊！”妈妈用中文催促着小梦，小梦急忙侧身让路，妈妈用日文招呼着小朋友们进屋，这一大帮小朋友，跟着妈妈径直走到了最里面的起居室。小梦一个人站在屋门口，看着小朋友们鱼贯而入，在确认楼道里没有其他人以后，才放心地把门关上。

此时，妈妈已经安排小朋友们在屋里坐了下来，妈妈从袋子里掏出各种零食，有薯片还有各种小饼干，小朋友们倒是也不见外，三下五除二就打开了，开心地吃了起来。这一瞬间小梦觉得，这些人才是妈妈的孩子，他们可以那么熟练地用日语自然而亲切地交流。

妈妈站起身，走过来拉小梦坐下，从这些小朋友进屋，小梦就认出，有一个女孩就是第一天她在游乐场看到的那个一直哭的女孩，跟着女孩进来的还有黄毛和他的小跟班。因为这几天小梦一直趴在窗边看他们玩，所以他们看起来也没有那么陌生。其他几个小朋友，有的小梦见过，有的没见过，但毫无疑问，妈妈用零食召唤来了全楼所有10岁以下的小朋友！长大以后，小梦回想，妈妈为了让自己早些在日本交到朋友，真是煞费苦心，至今小梦都觉得，如果自己做了

母亲，一定不会做出那样的事，用零食把一个楼的孩子都弄到自己家里，真的是太尴尬了！但是不得不说，妈妈的“零食召唤术”，确实厉害！从这一天起，小梦在日本就有了属于自己的朋友！

个子最高的姐姐，对着小梦说了几句日语，小梦有些蒙，直到小姐姐问出：“你几岁了？”这大概是小梦来到日本后第一次听懂别人问自己的问题，小梦试着回答：“6岁！”但是不知为什么，这个词始终说不出口，于是小梦只好对着小姐姐用手势比了一个6，遗憾的是，小梦的手势，日本小朋友们完全不懂，他们并不知道小梦在解释自己6岁，他们以为小梦在模仿打电话！此时，妈妈主动帮小梦解围，妈妈用日语对小朋友们说：“她叫小梦，6岁！”小朋友们点点头，妈妈回过头对小梦说：“小梦，‘6’在日语中读作‘roku’”。小梦也点点头。

接下来的场景，小梦终生难忘。

那个问小梦话的小姐姐，在知道小梦6岁之后，主动抬起一只手，伸开五根手指，比画出一个数字“5”，接着又用另一只手，伸出一根手指，比画出一个数字“1”，小姐姐把单独的一根手指，放在五根手指旁，嘴里说着“roku”，说完指了指小梦。接着，小姐姐伸出了三根手指，比画出一个数字“3”，小姐姐把三根手指放到五根手指旁，嘴里说着“Hachi”，随后又指了指她自己。小梦明白了，小姐姐在告诉自己，小姐姐已经8岁了！接下来，每个小朋友都用小姐姐的方式，完成了自我介绍。

通过介绍，小梦知道，原来黄毛今年7岁了，是住在一楼的大哥哥，他家里一共有四个孩子，老二就是他的小跟班，今年5岁，老三就是那天那个一直哭的女孩，只有3岁，总是被两个哥哥欺负，家里年龄最小的孩子只有2岁，还是个走路不太稳的娃娃。小梦没有想到，在未来的一段时间里，每天带着她一起上学的就是这个黄毛，每天和她一起玩“捉鬼”游戏的就是小跟班，还有爱哭的妹妹。他们有时也被小梦捉弄，就在这一天，小梦遇到了自己人生中第一批日本小伙伴！而这一切，都得益于妈妈的“零食召唤术”！

我准备好了！

电视机里，漂亮的阿姨用温柔的语调播报着天气预报，小梦虽然听不懂，但数字还是看得懂的。这里的温度和长春差不多，但是不知道为什么，小梦总是觉得这里比长春更热一些，也许是因为小梦有一颗急着上幼儿园的焦虑之心。毕竟来到这里也有一段时间了，作为一个幼儿园“失学儿童”，小梦每天的生活就是在家吃零食、看电视，无所事事地过日子，偶尔和楼下的黄毛一家去停车场玩一玩“抓鬼”，也就是藏猫猫，或者和两个男孩一起逗逗年纪小的妹妹们。这样的日子，刚开始还是挺有意思的，但是过久了也会腻，特别是下午在路上看到社区其他小朋友手拉手从幼儿园归来的时候，小梦嘴上不说，心里却充满了羡慕。就像蜡笔小新说的："人生就是手脚快的人赢啊，只是傻傻看着，就什么也得不到哦!"跟妈妈还算不上熟人的小梦，虽然心里无数次想问妈妈，自己什么时候才能去幼儿园，但又怕爸爸妈妈对自己产生反感，于是这么简单的问题，小梦始终都没有问出口。有时候，自己实在郁闷，就一个人悄悄地想长春的幼儿园、想姥姥姥爷、想牛老师，想虽然不遥远，但已经开始变得模糊的长春生活。

小梦的心事，妈妈看得很清楚，每次和表哥、表弟通电话的时候，表哥、表弟都会向小梦讲述自己在小学和幼儿园的生活，讲每天做的各种课外活动，讲老师周六带小朋友们去参加的各种社会实践，讲老师如何带小朋友们去公园、去超市、去海边、去田间。妈妈发现，每次和表哥、表弟通过电话以后，小梦都会更积极地使用日语和周围的人交流，会用日语回答爸爸妈妈的问题，去超市的时候也会简单地说些日语单词，和黄毛兄妹玩儿的时候，也会跟他们说日语。妈妈明白，小梦是在向他们表示，自己已经准备好了，随时可以去幼儿园了，从某种程度上来说，这也是小梦在迂回地向他们表达自己的心意。

终于有一天，妈妈对小梦说："小梦，你马上就要去幼儿园了！"小梦至今还记得，去幼儿园的前一天晚上，心里忐忑又激动。小梦很开心，因为自己传递出的信号妈妈终于接收到了，同时也担忧自己不能适应日本的幼儿园生活，担忧日本的老师和小朋友不接纳自己。但是，在小梦心里，还有更深一层的恐惧，小梦担心爸爸妈妈不能按时到幼儿园接自己，担心如果自己在幼儿园做得不够好，爸爸妈妈会不想要自己。小梦小小的脑袋瓜里，装了各种各样的怪想法。不过这一切在小梦心里都化作了一个信念：自己一定要好好的，乖乖的，不要惹事，不要做丢脸的事，不要让爸爸妈妈难堪！一定要加油、争气，做个大家都喜欢的好孩子！

好心的区役所阿姨

和中国的学制不同，日本的毕业季是三月，开学季是四月，跨越了整个樱花季，花瓣缤纷的时节既让人感伤，又让人满怀希望，所以日本有很多毕业歌都和樱花有关。小梦是夏天到的日本，这个时候幼儿园的新学期早已经开学了，小梦如果要入园只能以插班生的身份，再加上小梦是不会日语的国际生，这就给妈妈出了很多难题，因为放眼整个社区，能满足这两个条件的幼儿园少之又少。

其实，早在小梦去日本之前，妈妈就开始四处打听，在日本如何为小朋友办理幼儿园的入学手续，以及小梦家附近哪些幼儿园有可能会接收小梦。在得知小朋友上幼儿园需要先向区役所（相当于国内的街道办事处）递交申请之后，妈妈就开始各种忙碌，辛苦地为小梦准备各种入园材料，数次前往区役所，办理各种登记、注册手续。

看着每天在家坐立不安的小梦，妈妈也十分着急。为了照顾小梦，妈妈特意请了假，留在家里照顾她。所以，小梦一天不去幼儿园，妈妈就要多请一天假。

焦虑之下，妈妈终于忍不住给区役所打了电话，询问为何自己很久前就提交了入园申请，但过了这么久，还没等到入园通知。电话另一头的工作人员接到妈妈的电话后十分意外，原来妈妈在递交申请时并没有说明小梦来自双职工家庭。在日本，针对双职工家庭的孩子有一项优先入园的福利政策，如果小朋友的爸爸妈妈每天都需要工作，区役所就会优先安排这样的小朋友进入幼儿园，让身为双职工的爸爸妈妈可以心无旁骛地去上班。相反，如果小朋友的妈妈是全职太太，能够每天在家照顾小朋友，区役所就会安排小朋友排队等待，等幼儿园有空位的时候，再让小朋友入园。因为妈妈之前提交申请时，不了解这项政策，没有特别备注小梦来自双职工家庭，于是，小梦的名字就被放在了等待名单上，直到妈妈打电话询问，区役所才了解清楚小梦的情况。让小梦和妈妈没有想到的是，就在妈妈打过电话的第二天，区役所的阿姨就通知妈妈可以带小梦去区役所办理入园手续了，这就意味着，小梦再有48小时就可以成为日本幼儿园的学生了。

区役所离家很近，妈妈骑车带着小梦经大路走了一会儿就到了，区役所没有小梦想象得那样，跟政府的办公室并不相同，简简单单的房子，但是干干净净。妈妈带着小梦找到了一位阿姨，阿姨非常客气，安排妈妈和小梦坐下，还给小梦倒了一杯水。接下来发生的事情小梦更是没想到。阿姨安排好小梦后，就拿出一些文件，比比画画和妈妈说了起来，虽然听不懂妈妈和阿姨在说什么，但小梦至今还记得，阿姨不停地向妈妈鞠躬道歉，小梦心里十分奇怪，这件事明明是妈妈疏忽了，为什么阿姨还要道歉，然后妈妈也对着阿姨不停地鞠躬。就在小梦觉得妈妈和阿姨差不多要结束谈话的时候，区役所阿姨突然拿出一张地图，小梦凑了过去，发现区役所阿姨用不同颜色的笔在地图上不同的地方画了很多圈圈，还用黑色的笔画了路线，写了时间，妈妈边看边向区役所阿姨点头表示感谢。终于，妈妈收起了地图，准备带小梦离开，临走的时候，区役所阿姨还摸了摸小梦的头。小梦记得走出区役所大门的时候，阳光照在玻璃窗上闪闪发光，晃得人睁不开眼睛，但那束光照亮了小梦的求学之路，妈妈拉起小梦的手，开心地说："小梦啊，你终于可以上幼儿园了！"

晚上爸爸下班回来，妈妈和小梦向爸爸分享了这个好消息，爸爸也十分开心，竟多吃了一碗饭！妈妈一边给爸爸盛饭，一边拿出地图向爸爸叙述下午带小梦去区役所办事的经历，这时小梦才知道原来区役所阿姨下午在地图上标注的那些圈圈是"小梦的家""小梦的幼儿园""小梦妈妈上班的地方""车站""超市"，阿姨一直在用地图告诉妈妈每天接送小梦最合理的时间和路线安排，阿姨详细地在地图上帮妈妈标注了这些地点之间的距离，如果步行需要多长时间，如果骑车需要多长时间，爸爸妈妈每天几点出门，才能确保送完小梦后上班不会迟到，以及下班后走哪条路去接小梦最方便、快捷。在了解了这些之后，小梦觉得，自己下午对区役所阿姨太冷漠了，真应该好好地给区役所阿姨鞠个躬，感谢她这么快为自己安排了幼儿园，还这么暖心地帮助妈妈做安排。小梦心想，如果以后有人需要自己的帮助，自己一定会像区役所阿姨一样，尽最大努力去帮助他。

好大一个包

小梦对日本的幼儿园的最初印象都来自《蜡笔小新》里的双叶幼稚园：小新每天和好友风间彻、樱田妮妮、佐藤正男、阿呆一起去双叶幼稚园上学。长得像黑社会老大，却非常喜欢小朋友，还能写一手好书法的园长先生十分有趣，向日葵班的吉永老师，玫瑰班的松坂老师，还有樱花班的上尾老师，都很可爱。所以，从得知自己要在日本上幼儿园的消息开始，小梦的脑子里就冒出各种各样关于幼儿园的问题。

“我以后要上的幼儿园是什么样子？”“是不是和小新的幼儿园一样，有大大的铁门？”“我的幼儿园里是不是也有有趣的老师和可爱的小朋友？”“幼儿园里是男生多，还是女生多呢？”“园长是男老师，还是女老师？”“他们和小新的老师长得一样吗？”“我的幼儿园是不是也是用花名做班级的名字？”这些问题，就像天上落下的叶子，不知道什么时候，就悄悄地来了。有时是吃饭的时候，有时是洗澡的时候，有时是看着窗外发呆的时候。小梦没有去控制这些念头，却也无从回答这些问题，只是让这些好奇的想法慢慢地在心里生长。

从去过区役所，知道自己就快上幼儿园开始，这些小疑问，就变得越来越清晰，越来越具体。“我要上的幼儿园每天都上什么课呢？”“教室是什么样子？是不是和长春的教室一样？”“幼儿园的午饭怎么样？”“妈妈是不是每天也会像小新的妈妈一样，骑车送我去幼儿园？”“去幼儿园要走哪条路？是不是之前走过的路？”“如果妈妈忘记接我，我自己能不能找到家？”“我日语不太好，小朋友会不会不想和我一起玩？”“日本小朋友去幼儿园都穿什么样的衣服？他们会不会觉得我的衣服不好看？”“日本的老师们穿什么衣服上课？是不是也穿白大褂？”想着想着，小梦又想到了牛老师。这些乱七八糟的想法，一直在小梦的脑子里跳来跳去。

就在小梦吃着零食，看着动画片，不断乱想的时候，妈妈突然拿出一个大书包给小梦，说道："小梦，你看看，这些就是你明天上幼儿园需要带的东西，你自己要记好，不要弄丢。等会儿你来看看，明天穿哪件衣服。"小梦放下手里的零食，转过身子去看妈妈拿来的大书包！天啊！妈妈这是要把小梦扔了吗？怎么在书包里装了这么多东西？一套完整的换洗衣服，餐具、水壶、文具，还有牙刷、毛巾、浴液这样的洗漱用品。

"妈妈，明天晚上你会接我回家吧？"

小梦虽然觉得这个问题有点儿多余，但还是忍不住问了出来。要知道在长春，小梦每天去幼儿园都是两手空空，只是有美术课的时候才会背个小书包，装上个没几支笔的铅笔盒。妈妈现在给小梦准备的这一大包东西，就算明天把小梦送上回长春的飞机，都够用了。

妈妈似乎看懂了小梦的担心，笑着对小梦说："当然接你了！妈妈怎么舍得让你住在外面。"小梦心里的石头落了地，又怯生生地问妈妈："在日本上幼儿园，每天都要带这么多东西吗？"妈妈一边帮小梦整理，一边安抚小梦："是啊，每个小朋友在日本上幼儿园都要带这些东西，这是老师要求的！你明天去了幼儿园就知道了，大家都有这样的大书包。"

小梦悬着的心彻底放下了，换了个坐姿，拿起刚刚没吃完的零食，又开心地吃了起来。"好的，妈妈，我记住了。"

飞在晨风里

夏日的清晨，微风习习，晨曦透过树叶的间隙照在林荫道上，鸟儿的欢歌与树影一唱一和。小梦坐在妈妈自行车的儿童椅上，双手紧紧地握着扶手，不时地仰望天空，看小鸟飞过，看白云朵朵，离开了林荫道，阳光照到妈妈的后背上，摸上去暖暖的！

“小梦扶好，我们要下坡了！”

随着妈妈的提醒，小梦感觉屁股底下的车轮开始加速，转得飞快！妈妈轻快地哼着歌，在妈妈的歌声里，自行车冲下了一个长长的斜坡，“飞”起来了！小梦觉得自己真的“飞”起来了！“飞”在了晨风里！“飞”在了白云间！

太美好了！这一切太美好了！这就是小梦梦寐以

求的自由和幸福啊！

马上！马上就有自己的幼儿园了！

小梦跟着妈妈的旋律也哼唱了起来，这是姥姥最喜欢唱的那首歌，唱着这首歌，小梦不禁想起了在长春，姥姥姥爷每天送自己去幼儿园的清晨，想起姥姥姥爷牵着自己的手，走过的那条种满高大白杨树的马路。这里没有那么高的大树，马路也没有那么宽阔，但这里有妈妈！从今天开始，自己就要坐着妈妈的自行车往返于家和幼儿园了！新生活，真正的新生活，真正的日本新生活，终于要开始了！

小梦在妈妈的车后座上，不停地东张西望，努力在一排排房子中，寻找自己幼儿园的所在。“是这个吗？”“是这个白色的房子吗？”“是那个吗？”“是那个红色的小楼吗？”说老实话，小梦的妈妈也没去过小梦的幼儿园，这个幼儿园究竟是什么样子，妈妈的脑海里也是一片空白。

小梦问道：“妈妈，我的幼儿园是什么样子？房子是什么颜色的？”

妈妈回答道：“我也不知道。”

小梦问道："妈妈，那幼儿园在我们左边还是右边？"

妈妈回答道："妈妈也没去过，我们一起找找看。"

小梦问道："妈妈，我的幼儿园是几号？我帮你看。"

妈妈回答道："前面，前面那个铁门应该就到了！"

说着，妈妈就把自行车停在了一个小铁门前，铁门旁边的石墙上写着五个字——園田愛児園（园田幼儿园），其中"園"和"田"两个字比较小，"愛児園"三个字比较大。让小梦欣慰的是，不管怎么样，幼儿园的日文名字，自己总算有一个认识的字（"田"可是小梦在长春就认识的汉字）。石墙前面是幼儿园的小花坛，花坛里高低错落地开着各种颜色的花，小梦只记得黄色的花比较高，粉色的花比较矮，但是这两种花都是她以前没见过的，花朵在阳光的照耀下，格外显眼。

妈妈把自行车推到花坛边停好，然后把小梦从自行车上抱下来。小梦下了车，拽了拽自己的裙子，凑近花坛仔细地看了看花，小梦觉得这些花可真好看。小梦又悄悄地往铁门的方向走了几步，想透过铁门的缝隙看看幼儿园里面的样子，想着接下来的很长一段时间，自己每天都要在这里，小梦的心里有些喜悦也有些忐忑。就在小梦疑惑的时候，一个穿着红色运动裤、白色T恤衫，留着一头短发的女老师，微笑着向小梦和妈妈跑来，边跑边挥手打招呼！

时隔多年，小梦依然记得，那一天，穿红色运动裤的老师，是从教室里跑出来的，她微笑着跑过来的样子，让人如沐春风，让小梦的心里有种莫名的欢喜，这是一种被人接受的欢喜，也是一个6岁小女孩，勇敢地走进日本社会的欢喜。从这一刻开始，小梦的生活中，又多了一位朝夕相伴的大人，一位从心底里爱护着小梦的大人。

你好，我是葛木老师

“你好，我是葛木老师！”

这位穿着红色运动裤的老师，微笑着推开铁门走了出来，用日文热情地和妈妈打招呼！虽然小梦第一眼看到这位不穿白大褂的红裤子老师时，觉得很亲切，但当老师靠近自己，试图和自己说话时，小梦还是下意识地躲到了妈妈身后。让小梦没想到的是，这位红裤子老师突然侧过身，微笑着绕过了妈妈，单膝在小梦面前跪了下来。老师的举动让小梦有些吃惊，因为从小梦出生以来，从来没有一位大人像这位红裤子老师一样，为了和小梦说话而蹲下身，甚至是单膝跪下来。红裤子老师的举动让小梦受宠若惊，出于感谢和礼貌，小梦不自觉地从妈妈身后走了出来，站到了老师面前。

老师接下来的举动更是让小梦意想不到。

老师笑着从上衣兜里拿出一个小本子，有些腼腆地笑着打开，又腼腆地看看小梦，然后照着本子上的字符轻轻地、努力地读了起来：“你好，我是葛木老师！”天啊，这位红裤子老师竟然对小梦说了一句中文。虽然老师的中文非常不标准，声调也十分好笑，但这位红裤子老师是到日本以来，第一位用中文跟小梦打招呼的日本人。小梦的心里就像过电了一样，暖暖的，十分激动，十分开心。小梦一瞬间就喜欢上了这位老师！这也许是每个小朋友与生俱来的神奇能力，可以瞬间判断出，什么人喜欢自己，什么人会对自己好。

多年后，回想起来，葛木老师在小梦面前蹲下的那一瞬间，让小梦感觉自己第一次被当作成年人来对待。而看到老师为了迎接自己学习了中文，小梦更是兴奋不已。小梦明白眼前的这位老师，正在用所有的爱与包容来接纳自己、关爱自己。尽管那时候小梦还是个孩子，还不懂得成人间的礼仪、文化、习俗之类的，但任何人在被关爱、被尊重的一刻总是会被感动的，无论几岁，无论在哪里，无论因为什么，这种被尊重、被关爱的感觉，都可以让人铭记一辈子。老师给予小梦的这份关爱和尊重，让小梦发自内心地喜欢上了这位老师，也深信未来和这位老师在一起的日子，一定会很快乐！

所以，当老师牵起小梦的手，带着小梦走进园田幼儿园大门时，小梦没有哭，没有闹，没有恐惧，也没有失落，因为小梦从心底里相信这位红裤子老师一定会好好地照顾自己、帮助自己。

园田幼儿园

跟着葛木老师，小梦第一次走进了园田幼儿园。园田幼儿园的教室是低矮的平房，教室四周是幼儿园的沙地操场，靠近围墙的地方有一个小小的滑梯，滑梯旁边是一棵高大的樱花树，虽然没有小梦家楼下的那棵树高，但也高过了围墙，晨曦透过树叶透映在滑梯上。滑梯旁边还有几个棚子，棚子下面是可以让小朋友们玩的沙堆，就像海滩上的那些沙堆一样，沙堆上有堆好的小城堡，还有各种塑料小桶、小铲子。小梦心想：要是今天放学的时候，能在这里玩一会儿就好了，这个小沙堆看起来真好玩。因为是夏天，教室旁边还有一个小小的简易儿童泳池，小朋友们换上游泳衣就可以跳进去戏水。小梦觉得虽然这里没有长春幼儿园的大飞机，但是这些游乐设施看起来真的比大飞机还要好玩。园田幼儿园的院子里还种着很多花，有向日葵，还有绣球花等，虽然这些植物个头不大，但开得很茂盛，看得出老师和小朋友们一定对这些花十分爱护。在花丛旁边还有写着日文的卡通题字板，小梦想：这上面写的可能就是花的名字吧。葛木老师带着小梦慢慢穿过院子，走近教室。透过玻璃窗，小梦看到，有的房间里摆满了婴儿床，老师们正在给小婴儿喂奶、换尿布，这和长春的幼儿园完全不一样，小梦从来没有在幼儿园看到过这么小的小孩子，这大概就是妈妈说的，园田幼儿园是保育园的缘故。和表哥表弟上的幼儿园不一样，小梦上的是更适合双职工家庭的保育园。

在日本，幼儿园分为两种：一种是幼稚园，另一种是保育园。幼稚园是由文部科学省管理的教育机构，保育园是由厚生劳动省管理的社会福利性机构。上幼稚园的小朋友家里大部分都有一个当全职太太的妈妈，这是因为幼稚园只接受3岁以上的儿童，而且每天早上9点才开门1，下午3点就放学了，对很多双职工家庭来说这样的时间安排实在是太不方便了，所以大部分双职工家庭的孩子都会上保育园。

园田幼儿园，每天早上7点就开门了，一直到晚上6点老师们都会负责照看小朋友。如果父母有特别需求，还可以申请延时托管，老师们可以帮忙照顾孩子到7点，而且不到1岁的小朋友也可以入园。所以小梦才会在园田幼儿园看到这些婴儿床和小婴儿。

葛木老师领着小梦走进了走廊，透过保育室的窗户，小梦看到老师们抱着小婴儿在房间里走来走去，像妈妈一样哄他们睡觉。教室里的矮柜上放着婴儿需要的各种物品，如果不是亲眼看见，小梦完全不会觉得自己是在幼儿园，因为这些小婴儿的房间，看起来完全不像是教室。

小梦跟着老师继续往前走，终于来到了自己教室的门口。走廊上，每间教室的门口都有一个鞋柜，鞋柜上有很多个小格子，每个格子上都写着小朋友的名字。进入教室前，老师和小朋友们都需要在这个走廊换鞋，并且把脱下来的鞋放入贴着自己名字的格子里。小梦惊奇地发现，自己的名字已经被贴好了，她本以为自己是新来的学生，应该没有属于自己的格子，没想到老师们想得这么周到，小梦开心地把鞋子放入贴有自己名字的格子里。

小梦的教室

小梦拎着自己的大书包，跟在葛木老师身后走进了教室。看到小梦，教室里的小朋友们都很激动，叽叽喳喳地说个不停，小梦能够感觉到有很多双眼睛正盯着自己，她心想：我可要跟好葛木老师，不要摔倒，不要掉东西，不要丢脸啊，这可是大家第一次见到我，千万不要当笨蛋。也许是因为紧张，小梦都没有仔细看教室里有多少人，更别说仔细数数有多少男生，多少女生了。小梦只是紧紧地跟着葛木老师，往教室后面走去。

小梦边走边用余光瞄向小朋友们坐的地方，想看看是不是每个人都带了这么大的书包，结果小梦发现，别说大书包了，感觉小朋友们身边连个铅笔盒都没有。小梦心里不禁埋怨妈妈：为什么要给我带这么大的书包，我看起来好傻啊，大家一定都在笑话我，我肯定是全班唯一一个带这么大书包的傻孩子。

葛木老师带小梦走到教室后面的一排柜子旁，这时候小梦才惊喜地发现，原来在教室后面有一排和走廊鞋柜一样的小矮柜，只是这个柜子的格子要比鞋柜大很多，格子上面也写着小朋友的名字，小梦看到每个格子里都放着一个大书包，这时候小梦一直悬着的心才放下来。原来，妈妈说的是真的，果然每个小朋友都有自己的大书包，小梦看了看，自己的书包还不是最大的，有的小朋友的书包已经大到格子里都放不下了。在葛木老师的帮助下，小梦把自己的大书包放进了格子里，想起自己书包里装着的内裤、袜子、衬衫、裤子、帽子、雨衣、鞋子、毛巾、牙刷、塑料袋、杯子和本子，小梦心里突然生出一种安全感，一种就算此时离开爸爸妈妈，在这里跟老师和小朋友们一起住下来，自己也什么都不缺的安全感。实话实说，这种安全感还挺好，让小梦觉得自己变得独立了起来，仿佛有这些东西在身边，小梦也有了自己照顾自己的能力。

小梦放好东西，按照葛木老师的要求，坐到了指定的位置上。和长春的幼儿园不同，日本的幼儿园教室里并没有桌椅，所有小朋友上课的时候都坐在地上，只有上美术课或者吃饭的时候，老师们才会摆放桌椅，其他时间小朋友们都是直接在地上活动的。

看到小梦坐到了大家中间，小朋友们又兴奋了起来，用日语叽里呱啦说着小梦听不懂的话，但小梦心里明白，大家是在议论自己。教室里的喧哗声越来越大，葛木老师突然发出一个指令，小朋友们迅速地抱着双膝坐好，并且按照葛木老师的要求开始举手提问。小梦虽然听不懂老师和小朋友之间的对答，但是小梦注意到，所有的小朋友在葛木老师发出指令后都规规矩矩地抱膝坐好，小梦明白葛木老师刚才说的应该是让大家好好坐着，不要乱动。于是，小梦也模仿身边的小朋友抱膝端坐，为了让葛木老师知道自己明白了，小梦还特别挺直了后背，坐得非常端正。

过了一段时间，小梦真正明白了葛木老师的指令，原来这是老师们要求小朋友们“三角坐”，也叫“体育坐”，除了这个之外，还有一种双膝跪下的“跪坐”。在园田幼儿园，上不同的课，不同的教学内容，不同的教学环境，老师对小朋友们的坐姿要求也不同，每每老师发出指令，小朋友们就要遵循指令做出相应的动作。后来回想起这段最初的园田幼儿园时光，小梦发现“三角坐”确实是自己在园田幼儿园习得的第一个日语单词。所以，小朋友们学外语主要通过环境，在园田幼儿园这个环境里，小梦只用了两三个月就学会了基本的对话。

黄色长发女生小秋

从入园开始，园田幼儿园每个月都会举办各种不同的活动，10月最重要的活动就是运动会。所以，从小梦进园田幼儿园那天开始，老师就一直带着小朋友们练习。运动会上，小梦的班级需要表演一个敲鼓节目，小梦每天跟着老师、同学一起在院子里练习，小朋友们会按照老师的口令做出各种不同的动作。以前在长春的幼儿园，只有做操的时间小朋友才能离开教室，但在园田幼儿园，小梦感觉每天除了吃饭、午睡和手工课外，其他时间段，小朋友们都是在院子里玩耍。

在户外，小梦常常看到，低幼班的小朋友会爬到老师身上，老师就像一棵树，上面“长满”了小朋友。尤其是淘气的小男生，会爬到高大的男老师身上，并想办法挂在老师身上，再合力把老师弄倒，好像他们每天在幼儿园最重要的就是做这件事情，而高大的男老师，身上挂着这些小淘气，却从来不生气，只是笑着和他们玩耍。有时候一不小心被他们压倒在地上，老师会哈哈大笑起来，抱起淘气的小朋友在院子里奔跑，整个幼儿园每天都充满了笑声。小梦很喜欢这种充满笑声的感觉，但是因为语言不通，其他小朋友笑的时候，小梦很想和大家一起，却又不知道该怎么开始，这个时候善良的葛木老师就会带着小梦，站到正在玩耍的小朋友旁边，大声地对小朋友们说："带带我们的小梦，好吗？"

"好啊！"

就这样，小梦融入了大家！

不过在小梦的记忆里，有一天令人十分难忘。

在小梦班里，有一位留着黄色长发的女生，眼睛大大的，长得像混血儿一样，她的性格十分调皮，在课堂上总是引得老师和同学们发笑。为了准备运动会，每天下午老师都会带着全班同学一起练习敲鼓，

因为听不太懂老师的指令，小梦的动作总比别人慢半拍，大家往左，小梦要看一下才知道往左，但等小梦往左的时候，大家已经往右了。小秋敲鼓的时候，就站在小梦旁边，每次小梦动作慢的时候，小秋都会看到。直到有一天，小梦也许是太心急，想跟上大家的步伐，动作有点大，不小心碰到了小秋，一步乱，步步乱，手忙脚乱的小梦，一直在碰小秋。停下来的时候，小梦看到小秋的神情有些严肃，小梦急忙向小秋道歉，小秋依然面无表情，小梦有些不知如何是好，眼泪差点掉下来。没想到看着小梦委屈的表情，小秋却忽然哈哈大笑起来，小梦开始没有反应过来，后来明白小秋原来是在捉弄自己。其实自始至终小秋都没有埋怨和嫌弃小梦，两个人就这样对着彼此，哈哈地笑个不停。说不出为什么，小秋的笑声特别有感染力，每次她笑，小梦就想跟着笑，就这样，两个小朋友，纯真的笑声，让尴尬的场面，变得十分有喜感。

正式表演的时候，小梦的爸爸妈妈远远看着小梦的动作比别的小朋友都慢半拍，还觉得很心酸，但看到小梦和小秋的笑声如此爽朗，也就释然了。

从那以后，每天下午的课外活动时间，小秋都会主动来找小梦，对小梦说："一起玩吧！"也就是从这一天开始，小梦在园田幼儿园有了一个最好的朋友，一个每天形影不离的朋友，一个一起练自行车，一起玩过家家，一起抓虫子，一起藏猫猫，一起看书，一起在春游时手牵手的好朋友。

秋天的路

10月初的日本，清晨和傍晚都有些凉意，妈妈给小梦加了一件外套。小梦注意到，樱花树的叶子已经有些变色，路边的草地上也多了很多黄色的叶子，有圆的、有长的，妈妈把小梦抱上自行车。

坐在妈妈自行车后座的儿童椅上，小梦紧紧握住座椅把手，调皮地仰起头看着快速闪过的林荫道和茂密的树叶，聆听着交响乐般的自然声音，虽然夏日此起彼伏的蝉鸣已经消逝，但秋天有秋天的歌声。

“小梦，这个周末我们要去二姨家。”

小梦努力地在自己的小椅子上坐好，一边拽自己的外套，一边兴奋地回答妈妈：“真的吗？我都好久没见表弟了，舅舅、舅妈和表哥也去吗？”

“这样危险！小梦，坐好，别往后仰！”

小梦一想到要和表哥、表弟见面，还能吃到舅妈做的番茄虾仁，忍不住激动起来。妈妈的车子继续往幼儿园的方向驶去。这一个月来，小梦和妈妈早已熟记从家到园田幼儿园的每一条小巷、每一个路口，小梦能够清晰地说出，哪个转角有便利店，哪个路口是小公园。但最让小梦开心的，还是在这个社区里自己不再是陌生人了，去超市也能碰到相熟的老师和幼儿园小朋友了。

“妈妈，今天小姐姐的小狗穿了白色衣服！”

每天小梦去园田幼儿园的路上都会遇到一位遛狗的小姐姐，小姐姐的狗每天都会换衣服，看看自己身上的黑色T恤，小梦无奈地摇摇头。算了，无所谓，因为这个时候小梦知道，无论自己穿什么，小秋和葛木老师都喜欢自己，除了爸爸妈妈，自己在这座小小的城市，也有了自己的朋友圈。

“小梦，周末去舅舅家，你穿裙子吧！你不是一直想穿裙子吗？”

“我可以穿裙子了？”

“是啊，因为我们要一起过中秋节，吃月饼，还要和姥姥姥爷通电话！”

“太好了！我有好多事想跟姥姥姥爷说呢！”

“是吗？你先跟妈妈说说，你想说什么？”

“我想跟姥爷说，我们园田幼儿园没有大飞机，但也有很多好玩的东西，我也想跟姥姥说，我们这里的老师和小朋友对我都很好，姥姥让我背的日文单词我都会了。我要跟他们说我认识了小秋，小秋对我特别好，每次跟我说话的时候，如果我听不懂，她都会再说好多次，还会用手比画跟我解释，我们玩过家家的时候，小秋也总是让着我，让我先选自己想要扮演的角色。”

“是吗？小秋这么好！平时这么照顾小梦！”

“是啊！小秋是我最好的朋友，她每天都带我玩各种游戏，她的头发真的好好看！是金黄色的！长长的，和外国人一样！”

“看来小秋很漂亮！”

“妈妈你知道吗，小秋可好玩了，她特别爱出风头，下午的游戏时间，她经常抢老师的大喇叭，有时候还说各种好笑的话，让大家笑个不停。还有，她特别喜欢毛毛虫，老爱抓虫子吓唬人，但是我不怕，我们经常一起抓。昨天她还带我去了一个特别好玩，连老师都不知道的地方……还有……”

妈妈熟练地把车子蹬上斜坡，小梦下意识地扶住了妈妈的后背。小梦也不知道从什么时候起，自己和妈妈之间开始变得越来越亲昵。回想妈妈第一次骑车送自己去园田幼儿园，自己在小椅子上怕得要死，却不敢，也不好意思扶住妈妈，一路上和妈妈也没有什么对话，只是紧张地攥着椅子的把手。而现在，这种对妈妈的依靠已经成为了小梦的一种下意识的行为，每天和妈妈说的话也越来越多。

草莓酸奶

小梦的舅舅和二姨都定居在神户，那里距离小梦家的车程不到一小时，对小梦来说，每个周末最开心的就是去神户和表哥表弟一起玩。从长春到大阪的那一天，小梦的爸爸租了一辆车，先送表弟和二姨回了神户的家，那是小梦对神户最初的印象：道路整洁有序，建筑鳞次栉比，和长春的街景完全不同，蜿蜒曲折的“空中道路”搭建在海上，眼前的海和童话书里描述的一样，是一条无边无际的线，那条线看似是海的边，又不是海的边，触手可及的蔚蓝让小梦觉得妙不可言。也许是太累了，小梦只记得，自己呆呆地靠在窗边，看着看着就睡着了，以至于什么时候下的车都不记得了，只记得醒来的时候，爸爸正抱着自己上楼梯。或许是因为这一切美好得如同一场梦，一场小梦不愿醒来的梦。

再次前往神户，小梦不禁回想起下飞机那天去二姨家的场景，那天表弟一回到家就兴奋地脱了鞋冲进屋里，没洗手就要玩游戏，结果被二姨骂了一顿。小梦清楚地记得，表弟家有一股特殊的稻香味，后来小梦才知道那是房间地板散发的香气，而这种地板还有专属的名字——榻榻米。这个地板踩上去不软不硬，给人一种很熟悉、安心的感觉，虽然那是小梦第一次闻到这个气味，却觉得很奇妙，似乎自己很久以前就闻到过。

表弟拉着小梦坐在榻榻米上，拿出他最爱的游戏机熟练地玩起来，表弟的两只手在塑料游戏手柄上不停地戳动，屏幕里的大猩猩灵活地上下翻飞，玩到尽兴处，表弟还会大喊大叫。虽然二姨一直嘱咐表弟让他带小梦一起玩，但是游戏里的日文，还有看起来复杂得让人不知从哪里下手的操纵杆都让小梦望而却步。不过关于那一天，小梦最开心的是喝到了从未喝过的草莓酸奶，有真正的草莓果粒的酸奶，这么香甜的酸奶是小梦在长春从未喝过的，这也预示着小梦旅日生活的酸酸甜甜。

看着窗外的海景，回想起一个月前的自己，再看看手里的草莓酸奶，小梦心里有一丝淡淡的甜意。一个月前，小梦第一眼看到这个酸奶时，虽然肚子饿得不行，但当二姨询问要不要喝酸奶时，紧张、不安的情绪始终围绕着小梦，让小梦完全没有勇气说出自己的想法，只会用客套的语言遮掩心中的焦虑。如果不是二姨打开酸奶塞给小梦，恐怕小梦会错过这么好吃的美食。而今天上车前，爸爸妈妈带小梦去超市买零食，小梦毫不犹豫地去冷柜里拿了两个酸奶，自信地对爸爸妈妈说："我们买这个吧，我和表弟都喜欢喝！二姨也喜欢！"

在日本生活了两个月后，能够听懂简单对话的小梦，已经成为新的小梦！

海上升明月

“爸！你们吃饭了吗？我们吃完了，我们都在一起呢！孩子们也都在！”

小梦知道，二姨手中的听筒，连接的是长春，电话的那一头是姥爷，是自己朝思暮想的姥爷！

1998年，没有发达的互联网，没有微信，远隔重洋要想听到亲人的声音，只有拨打国际长途电话。小梦清楚地记得，每次二姨都会拿出一张好看的电话卡，电话卡上的风景有时候是东京的铁塔，有时候是落雪的富士山，有时候是大阪城盛开的樱花，但这一切都不如电话卡上那串密码重要。二姨打电话的时候，会开免提，然后根据语音提示输入很多数字，妈妈说这些数字有密码，有中国的区号，最后才是姥姥姥爷家的电话号码，如果这中间哪一个数字按错了，就要再重新输一次。有时候二姨会准备两张电话卡，如果一张卡里没有钱了，就需要用另一张电话卡，这样才能接通电话，听到听筒另一端亲人的声音。虽然现在的视频聊天又方便又直观，但是没有了当年那种打国际长途电话的神奇感觉，那是一种久违的期待，也是一种历尽千辛的喜悦，当话筒另一端传来亲人的“喂，喂”声，那一刻，真的会让人热泪盈眶，尤其是回想起，曾经通话的亲人已经住到天国，真的让人很想买一张天国的电话卡，有机会听一听那些已经消失的声音，那些能抚慰人心的声音。

那时，姥姥姥爷的声音对小梦来说就是抚慰人心的声音，虽然眼前有爸爸妈妈、舅舅舅妈、二姨姨夫等人，但当小梦听到姥姥姥爷的声音时，心里还是会升起一股暖暖的热流，尤其是听到姥爷带着思念、带着牵挂，说出那句“宝宝啊——”时，小梦的眼里有眼泪在打转，却不能流出一滴泪，因为不能让身边的人看出自己的想念。

“姥爷！”

“喂，宝宝啊——”话筒里又隐约传来了姥姥的声音。

“姥姥！”

“怎么样啊？习惯吗？日本好玩吗？老师和小朋友对你好不好啊？”

“姥姥姥爷好！中秋快乐！我都好！”

“要听爸爸妈妈的话啊！要乖啊！”

小梦虽然心里有很多话想跟姥姥姥爷说，但在听到姥姥姥爷声音的一瞬间小梦的情绪已经崩溃了。小梦知道如果自己再多说一句话，眼泪就会掉下来了，但这是不可以的，小梦不想丢人，也不想让屋里的人和话筒那头的姥姥姥爷觉得难过。于是倔强的小梦强忍着泪水，只是不停地重复：“好的，好的！姥姥姥爷，中秋快乐！中秋快乐！”小梦对姥姥姥爷的想念，就化在这一句句机械重复的回答里，直到妈妈接过了话筒。

小梦跑到窗帘后继续和表弟玩藏猫猫，但其实此刻的小梦再也忍不住落泪，强忍着不哭的心已经失控，眼泪一滴滴落在窗帘上，一切像是发生过，却又没发生过，窗帘外的热闹，似乎与小梦有关，又似乎无关。

小梦从玻璃窗向外望出去，神户的海幽深暗蓝，海面上有一个和天上一样又大又圆的月亮，以前每年中秋节，爸爸妈妈给姥姥姥爷打电话的时候，姥姥姥爷都会跟小梦说：“你看月亮，你的爸爸妈妈和我们看着一样的月亮呢。”而此时的小梦看着天上的月亮，却怎么也看不到姥姥姥爷的脸。

“爸妈再见！中秋快乐！保重身体啊！小梦快来和姥姥姥爷说再见！”听见妈妈的召唤，小梦大声地对着电话喊：“姥姥姥爷，中秋快乐！姥姥姥爷，再见！”

动物来了

“天空是蓝色的，小鸟在飞翔，树上结满了果子……”

教室里，葛木老师正在动情地给大家讲着故事，突然园田幼儿园的院子里一片嘈杂，好像来了很多人，小朋友们都挤到了窗边，想看个究竟。

“马！马！我看到马了！”小秋第一个喊了起来。小爱也跟着喊起来：“我看见小兔子了！”小爱是班上年纪最小的女孩子，虽然她是樱花班的，但有些向日葵班的小朋友都比她高！小爱的眼睛大大的，皮肤白白的，特别可爱，是班里的团宠，每次玩过家家的时候，小爱都会扮演宝宝或者宠物。

“小羊！那个穿红色衣服的叔叔拉着的是小羊！

我觉得是小母羊！”个子高高的百代，是班里的大姐姐，每次过家家的时候，她都会扮演妈妈，她不仅很会照顾人，而且很聪明，会说英语。百代总是说，长大后她要成为一名空姐。

小梦试着往窗边挤了挤，想看清楚窗外还有什么动物，这时候Marin突然开口了：“我觉得应该还有蛇和豚鼠，春天的移动动物园就有蛇和豚鼠。”听到蛇的时候，小梦吓了一跳！吃惊地回头看Marin，Marin一脸镇定地对小梦点点头。Marin是园田幼儿园里的红人，家里有两个姐姐和一个妹妹，因为家里的孩子都是园田幼儿园的学生，所以Marin全家都和老师们很熟。Marin的名字很酷，全是片假名，不过比起她让人记忆深刻的名字，小梦更喜欢她的眼睛，看起来特别可爱。

看到小梦被Marin吓到了，小明主动开口：“没关系的，那个蛇不是毒蛇，是很好看的蛇，也可以放在脖子上，我之前放过。”在小梦眼中，小明是全班最帅的男生，他和班上的一对双胞胎兄弟经常与男老师打成一片，每次看到他们，小梦就觉得很开心，眼睛总是不自觉地追着小明的身影！

就在大家七嘴八舌的时候，葛木老师召唤大家坐好，并且认真地向大家解释：“今天是我们秋季的移动动物园活动日，和春天的移动动物园一样，会有很多动物来我们园田幼儿园做客，大家可以好好陪伴它们。在与它们见面之前，我要讲一些规则，希望大家好好遵守。”

虽然已经来日本三个月了，但小梦还是不能完全听懂老师的话，看着窗外可爱的小动物们，小梦的心里充满了好奇：动物们是怎么来的？它们能坐电车吗？坐电车它们买什么票？是成人票吗？它们是从哪里来的呢？骆驼先生是住在沙漠吗？那里有电车吗？

在谈话中，小梦听到小秋在问老师：“老师，大象先生和长颈鹿先生也来了吗？我们愛児園的铁门那么小，长颈鹿先生和大象先生能进来吗？”大家又笑作一团。Marin也没有放过老师，如同班长一样代表大家向老师发问：“老师，今天的移动动物园有蛇吗？可以不抱蛇吗？”Marin说完，小梦发现班里的同学非常一致地点头，看来除了小明，大家都怕蛇怕得不行。

“既然大家这么好奇，那么我们现在就把手洗干净，一起出去看看动物们吧。大家都记住了吗，动物们的身上，有哪些地方是不可以摸的？如果大家都记住，都准备好了，我们就出发吧！”在葛木老师的带领下，大家笑着冲进了院子。

移动动物园

“哇！小马太可爱了！我要骑小马！”小秋夸张的表情和言语，让小梦笑个不停。但小秋确实说出了自己的心声。

一来到院子里，小梦就惊呆了，葛木老师果然没有骗人，这里真的变成了动物园！园田幼儿园的院子里有各种各样的动物：兔子、水豚、羊、马……最让小梦惊喜的是，这些动物都不在笼子里，它们和园田幼儿园的小朋友们一样自由，可以在院子里随意散步。园田幼儿园的小朋友们正开心地抱着、摸着这些小动物。

小梦非常喜欢小马，于是按照老师的要求，学着其他小朋友的样子，走到马儿面前，深深鞠了一躬，说道："你好啊，马先生，欢迎来到我们园田幼儿园，请多吃点哦。"虽然老师跟小朋友们介绍，今天来到园田幼儿园的小马还是一个小宝宝，但对于小梦当时的身高来说，马宝宝还是很高大的，需要老师和饲养员叔叔的帮忙，小梦才能坐到小马的身上。所以，小梦决定还是要称呼这个马宝宝为"马先生"。

在园内白色半圆形的栅栏里，小兔子和土拨鼠在肆意奔跑着。百合班的一名小朋友在追小兔子的时候不小心摔了一跤，身上粘到了兔子的屁屁，已经被老师带去厕所洗澡了。小梦决定就在栅栏里慢慢地跟着兔子"散步"。小梦往前挪一步，兔子也往前跳一步，往往还会回头看着她，快速上下动着鼻子。

这时，一位小哥哥走过来，他一把抱起兔子，对着小梦说："摸摸看"。

"可以吗？"小梦小心翼翼地摸了下兔子的背部。哇——这种感觉，比小梦家里拥有的任何一个毛绒娃娃都要软，还有暖暖的温度。

小梦回头看到小爱，小爱手里抱着一只白色的小兔子。小爱的身高比小梦矮些，手也小一些，小哥哥给小爱拿的是一只更小的兔子。小爱轻轻地摸着兔子的脑袋，边摸边对小兔子说："兔子小姐，欢迎你来我们园田幼儿园，我是小爱，这位是我的好朋友小梦！她的灰色兔子和你是好朋友吗？我们一起做好朋友，好吗？"小梦觉得小爱真的和小兔子一样温柔可爱，软软的、甜甜的。

小梦把小兔子还给了小哥哥，走过去看喜欢照顾人的百代喂小羊。果然是要当空姐的百代，喂小羊的时候，把所有的草都整理得一样长，还把其他小朋友散落在地上的草都捡了起来，整理好再喂给小羊。果然，百代不只是大家的"妈妈"，还是小羊的"妈妈"。

一直闹着要骑小马的小秋，这个时候正在给水豚先生吃胡萝卜。水豚先生虽然有很大的牙齿和很硬的毛发，但性格很温和，非常喜欢吃胡萝卜和洋白菜。小秋给水豚先生准备了很多胡萝卜，但没想到水豚先生吃得太快了，碰到了小秋的手，大惊小怪的小秋在院子里喊起来："水豚先生！不要吃我的手指啊！"饲养员哥哥拍拍小秋的头说："放心吧！它是吃素食的！"周围的小朋友哈哈大笑，小梦也忍不住笑起来。

小梦转过身，看到有个叔叔正拿着相机给小明拍照，小梦开心地朝小明的方向走去，快靠近小明的时候，小梦才发现，小明的脖子上挂着一条红黑斑纹的

蛇！蛇！真的蛇！红色的蛇！小梦感觉自己的双腿和双脚都不听使唤了，整个人被吓得愣在原地，即使眼前的人是帅得不行的小明，小梦也没有半点儿勇气再往前走一步。小明看到了小梦，还开心地把蛇举高了一点，让小梦看见。幸好Marin从小梦身边路过，小梦一把抓住Marin问："水豚先生今天来了吗？"

"来了，我带你去看！"Marin边说边拉着小梦离开，小梦终于松了口气。

活动结束前，樱花班的小朋友和马先生在滑梯前拍了集体合影，小梦好想留在院子里看看马先生、羊先生、兔子小姐到底是怎么回家的。应该是坐电车吧，小哥哥会替它们买好票，大家一起排队进去，小梦好想和它们一起坐电车。

移动动物园是园田幼儿园每年要举行的固定活动，春季的活动在5月，秋季的活动在10月。园长希望以移动动物园的方式，告诉小朋友们，我们和动物是共享这个星球的生物，动物们在这个星球上，应该和我们一样自由地生长，我们也应该尊重动物们，不要把它们当作简单的食物，或者是笼子里的宠物。虽然已经时隔多年，但那一天的惊喜，确实成为小梦一生难忘的回忆。

意外得来的好消息

“一二，一二，一二！”老师们带着小朋友在体育馆上体育课，和户外课不一样，小梦非常喜欢园田幼儿园的室内体育课，所有的小朋友都穿着统一的体操服，按照老师的要求，完成各种有趣的活动。体育馆的木地板非常棒，踩上去很舒服，小朋友跳起来的时候，比在地面上能跳得更高，落下去的时候也不会觉得脚痛。虽然园田幼儿园没有大飞机，但是这个超级体育馆，在小梦看来比大飞机还要炫酷，毕竟这样的体育馆在长春只有专业的运动员才能使用，小梦也是看专业运动比赛的时候才去过。但是没想到，在日本，一个小小的幼儿园就有这么好的体育馆，所以每次上体育课小梦都特别开心。尤其在日语方面有了进步，能听懂老师的指令之后，小梦上课更加积极，总是认认真真地完成老师要求的动作。

“小梦，你知道这个周六我们要去水族馆吗？”

小梦正在按照老师的要求压腿，小秋慢慢地把身体挪到小梦旁边，趁老师不注意，在小梦耳边，悄悄地对小梦说。

“真的吗？这个星期六吗？”

“真的，刚才进体育馆的时候，我听见葛木老师跟Marin说的，Marin还说她不想和妹妹穿一样的衣服去水族馆，她想戴粉色帽子。”

“哇！我还没去过水族馆呢。小秋，你去过吗？”

“其实，园田幼儿园每年10月都会带小朋友去，我算是去过很多次了吧，但是我还没有跟小梦去过啊！所以，我还是很期待的，要和小梦一起去水族馆了！”

“小秋！回到你的位置！”老师发现小秋在和小梦聊天，点了小秋的名字，小秋对着小梦挤了挤眼睛，挪回了自己的位置。

自从听了小秋的话，小梦一下午都心神不定，妈妈来接她的时候，就迫不及待地向妈妈说了这件事，妈妈也很快从葛木老师那里得到了准确消息。

是的，这个星期六，小梦要和小朋友们一起去水族馆了！

从知道这个消息起，小梦整个星期都在盼望着这件事，每天都在想去水族馆的时候要带什么零食，要不要带玩具，和爸爸妈妈去超市的时候，也一直在想，哪些零食可以节省下来，等到去水族馆那天再吃。星期四和星期五下了两天雨，小梦出门的时候有些沮丧，一来，小梦担心，如果周六也是雨天，老师们会不会取消水族馆的秋游；二来，小梦担心，如果雨太大，妈妈会不会不同意自己去水族馆。这48小时，小梦过得忐忑不安，连看动画片都有些心不在焉。

终于，星期六到了！那天，天还没亮小梦就醒了，穿上衣服就急忙跑到屋外的走廊看天气，当看到远处的海平面上，飘着低矮的云，小梦的心情就像即将从海平面跃升起来的太阳一样，激动而灿烂。

水族馆美梦

海风带着咸腥味，悄悄地拂过小梦的脸，妈妈拉着小梦的手走在通往水族馆的林荫道上，林荫道的左边就是关西地区最大的沙滩。虽然十月的天气已经有些凉了，但是小梦看到，沙滩上还有人在游泳和冲浪。

按照老师的要求，小梦穿了体育服，头上戴着班级统一的红色防晒帽。为了搭配帽子，小梦特别选了红色的双肩背包，临出门前在镜子前看了又看，就像妈妈上班前照镜子一样，反复确认穿着没有问题，才跟着妈妈下楼。

妈妈拉着小梦往前走，晴朗的秋日清晨，走在海边的感觉实在是太美好了。小梦路过一辆小轿车，从车玻璃中，看到了自己，趁着这个机会，小梦又照了照镜子，妈妈边看边笑："哎呀，我们小梦这么漂亮，不用照镜子了！"小梦不好意思地对妈妈说："我想看看我的帽子歪没歪。"

妈妈低下身仔细看看小梦："妈妈看看，放心吧！帽子好着呢！小梦真漂亮！"

小梦牵起妈妈的手，继续往前走。

"妈妈，你来过这个水族馆吗？里面大吗？好玩吗？"

"好玩啊！有好多鱼，各种各样的鱼，其中还有大鲨鱼和大三角鱼！"

"妈妈，那老师讲解的时候，你可不可以帮我翻译，我有点儿担心我可能听不懂。"

"放心吧，妈妈会帮你的。虽然别的小朋友的爸爸妈妈都不来，但妈妈今天休息，刚好也想来水族馆玩，所以有妈妈在，你不用担心。"

"谢谢妈妈！"听了妈妈的话，小梦加快了步伐。

一幢尖顶的白色建筑出现在小梦眼前，妈妈指了指那个建筑对小梦说："小梦，我们到了，你看那个就是水族馆！"顺着妈妈手指的方向，小梦看到了几个汉字，还有一个大门，但让小梦最兴奋的还是站在大门口的葛木老师和同学们。看到小梦的妈妈，小朋友们有些意外但也十分友善，纷纷礼貌地和小梦妈妈打招呼！

“您好！我是Marin！”

“您好！我是百代！”

“您好！我是小爱！”

…………

小秋看到小梦来了，开心地过来拉小梦的手，看到小秋标志性的黄头发，妈妈主动和小秋打招呼：“你是小秋吧！谢谢你平时对我们小梦那么关照。”

妈妈和葛木老师简单聊了几句之后，就跟着老师和小朋友们一起进了水族馆。

在水族馆的入口处是售票厅，小梦虽然已经不记得票价，但还清楚地记得门票有很多种类，有“大人”“中人”“小人”，妈妈递给小梦一张非常好看的门票，门票的大小和电话卡差不多，票上画着非常可爱的卡通画。

小梦跟着老师和同学们继续往里走，一进门的大厅就很震撼，蓝色的高高的天顶，看起来像天空一样广阔，大大的鱼缸里面有长长的鲨鱼和三角形的大鱼。看到这些鱼，小朋友们激动地往玻璃缸方向跑去。小梦凑到了玻璃旁边，终于看清了鲨鱼，鲨鱼游得好快啊！那个有大鼻孔的三角鱼也很厉害，它一点儿也不怕鲨鱼，就在鲨鱼身边游来游去！鱼缸里还有很多大头鱼。突然，小梦发现了一条小小的彩色热带鱼，这条小鱼和其他鱼看起来都不一样，小梦有些担心，她悄悄问小秋：“鲨鱼会不会把这条漂亮的小鱼吃掉！”小秋笑着回答小梦：“才不会呢，这些鲨鱼平时还有其他好吃的食物，它们吃得可饱了，这些小鱼它们才不想吃呢。”小梦悬着的心终于放下了。小秋发现，在一块大石头下面有好多鱼在睡觉，大嗓门的小秋哈哈笑着说：“你们看，那些鱼在睡觉！”老师把手指放在嘴唇旁边提醒小秋：“我们要安静一点，不要打扰其他游客参观。”

跟着葛木老师，小朋友们到达了珊瑚厅，这里是小梦最喜欢的地方。小小的水族箱里有各种漂亮的珊瑚和小鱼，小鱼们在珊瑚间自由地游来游去，惬意又有趣。这时候，小爱突然说了一句：“老师，小鱼们是在上体育课吗？它们怎么一直转圈，和我们跑步的时候一样。”大家都被小爱逗笑了。

在所有鱼里，小梦最怕的是一些长得奇奇怪怪的鱼——喜欢钻洞的海鳗，还有长鼻子鱼，它们看起来都怪怪的，但男生们似乎都很喜欢这些奇怪的家伙。而女生们还是更喜欢漂亮的水母，灯光下的水母游起来，特别漂亮，它们透明的身体，看起来像窗纱一样轻盈。

离开鱼缸区，就是小朋友们喜欢的互动区。特别是企鹅区，饲养员清理地板的时候，它们就按照饲养员的要求，乖乖地站在一边，有一只好困的小企鹅，站着就睡着了。小梦很羡慕小明和百代：虽然小梦特别喜欢海星，但她不敢把手伸进池子里，去摸那些五颜六色的海星，只能站在小明和百代的身边悄悄地看着。

整个水族馆最有意思的部分就是表演，虽然小梦听不太懂现场的日语，但好在有妈妈帮忙翻译，让小梦也可以跟着老师和小朋友们的节奏一起开怀大笑！小梦只记得在演出的最后，表演的姐姐一直在对大家说：“希望你们玩得开心！欢迎你们下次再来！”

那天，也许是玩得太累了，看着大海，小梦在妈妈怀里睡着了。这一次小梦的梦里，不止有大海和大船，还多了很多神奇且美丽的珊瑚和小鱼！

飞雪里的希望

深秋的离去，昭示着雪花的到来。园田幼儿园的暖气已经开了，小梦坐在教室里，一边听老师讲故事，一边时不时地回头看玻璃窗上的雾气。玻璃上的圣诞树和“HAPPY NEW YEAR”贴纸，让房间里多了几分暖意，也提醒着大家，元旦就要来了。

天空中时不时飞扬的雪花，让小梦忆起了长春。长春的幼儿园，寒假总是在元旦之后，老师们会为小朋友们准备新年联欢会。那个时候，小梦最喜欢玩的游戏是击鼓传花，每次鼓停时接到花球的老师和同学就要为大家表演节目，小梦最喜欢听牛老师唱歌。不知道牛老师和长春的小朋友们怎么样了，他们有没有想小梦，他们现在也在开着暖气的房间里听着故事吗？小梦好想对他们说：小梦在日本很好，小梦已经完全能听懂日本的老师和小朋友们的话了，小梦现在还会用日语唱歌，小梦在园田幼儿园过了很多有意思的节日。就在小梦发呆的时候，小秋的大嗓门，又打破了教室里的平静。

“打年糕！啊！明天就是打年糕大会了！我今天晚上一定要提醒我妈！”小秋的感叹吓了小梦一跳，小梦转过头问小秋：“什么是打年糕？什么是打年糕大会？”小秋尝试着给小梦解释，比画半天小梦也没懂，最后不得不站起身来，开始模仿打年糕的动作！因为这一番折腾，小秋又被葛木老师点名了，无奈之下，葛木老师只好提前通知小朋友们，明天是园田幼儿园一年一度的打年糕大会，老师们会给小朋友们准备打年糕的工具，并且请小朋友们邀请自己的父母一起到园田幼儿园参加打年糕活动，大家共庆新年！

来日本之前，小梦就听表弟说过，在日本，一年中最重要的节日就是元旦。对日本人来说，过元旦就像中国人过春节一样，活动很多，仪式很多，一家人都要团聚在一起，其中最重要的一个仪式就是一家人一起打年糕。传统的手工年糕是用糯米饭做的，热腾腾的糯米饭被放进容器里，用木槌反复敲打，直到打成年糕，打好的年糕洁白无瑕，口感清香。临近新年的时候，在日本的商业街，很多店铺都会推出现打的手做年糕，这种年糕有咸的、有甜的，食用的时候可以根据个人的喜好调味。

每到新年的前一天，园长和老师们都会邀请小朋友和家长一起来园田幼儿园参加打年糕大会，所有人聚在一起，用热腾腾的糯米饭，你一下，我一下，打出属于园田幼儿园自己的年糕。与其说是打年糕，不如说是大家一起加油打气，“打”出新一年的新希望！

放学前，葛木老师再次提醒大家：“小朋友们，明天的早饭要少吃一点儿啊！我们中午有非常好吃的年糕！大家一定要按时来啊！”

打年糕大会

“妈妈，我们早点儿去吧！我不想迟到！”小梦一边戴帽子，一边催促妈妈快点儿出门，关于打年糕大会的事，小爱跟自己说了很多次，小梦一直期待着！尤其是小秋跟小梦说，如果去晚了就吃不到年糕了，所以小梦特别着急。

但是，等小梦和妈妈来到园田幼儿园，小梦就知道自己又被小秋捉弄了。

“小秋，年糕呢？已经吃完了吗？”

小梦在院子里看了半天，也没看到年糕。

“是啊！谁让小梦你来晚了呢！我不是提醒你要早点儿来吗！”

小梦回头，带着一丝埋怨看向了妈妈。

“小秋，你可真是个淘气鬼，又捉弄我们小梦！”葛木老师走过来，拍了拍小秋的头。“小梦，别听小秋的，我们还没开始做年糕呢！”这个时候小梦才意识到，院子里放着的打年糕用的杵臼还是空的，小明和其他调皮的男生正兴奋地围着杵臼喊叫，讨论着如何才能做出好吃的年糕。他们和其他几名淘气的男生已经开始迫不及待地研究打年糕的动作了。老师们和家长们也围成一圈，一边看孩子们七嘴八舌地议论，一边相互寒暄。

“小秋！你可真坏！”

“哈哈，谁让你那么好骗！小梦你看，宇津老师出来了！这次真要做年糕了！”

小梦听了小秋的话，抬头看到向日葵班的宇津老师（他是园田幼儿园里唯一的一位男老师）从屋里费力地端出来一大盆热腾腾的糯米饭，宇津老师边走边招呼小朋友们让路，小明忙着帮宇津老师维持秩序。

在小明的帮助下，宇津老师迅速地把冒着热气的糯米饭倒进了大盆里，作为全园力气最大的老师，宇津老师担当起了“年糕第一槌”的重任，葛木老师则负责带着全园的小朋友们一起给宇津老师加油！小朋友们口号喊得很快，小梦有些听不清，看到小梦有些不知所措，葛木老师蹲下来，从后面抱住小梦，举起小梦的两只手，拍着手说："gannbare"（加油）。小梦起初先是小声地尝试"gannbare，gannbare……"，当小梦发现自己的发音越来越标准的时候，开心极了，加油声也越喊越大。

宇津老师身边还有一位叔叔蹲着协助他，叔叔的身边有一盆水，他会在宇津老师捶打年糕的间隙，往年糕上洒水，小梦心里十分担心，担心宇津老师的木槌会砸到叔叔的手，那一定疼死了，小梦一边喊加油一边担心着。过了好长一段时间，小朋友们的嗓子都有些喊哑了，小梦发现，盆里的米粒已经不见了，刚刚那些一粒粒的米饭已经消失了，变成了白色的、黏黏的、外表很光滑的年糕，小梦觉得好神奇。但葛木老师告诉小朋友们，年糕只做到一半，接下来需要小朋友们贡献力量了。在老师的安排下，小朋友们一个个排着队来打年糕，和宇津老师的大木槌比起来，小朋友们的木槌太袖珍了，即使是这样，小梦觉得举起

的时候还是很费力，更别说要一下下抡起来再砸下去了。捶打几下后，小梦觉得自己的后背湿了，额头上也冒出了汗珠。这么看，宇津老师真是太厉害了，能够用那么大的木槌，捶打那么长时间。即使是这样，小梦还是努力坚持着，在小朋友们的加油声中，卖力地捶打。

经过几十位小朋友的轮流捶打，年糕终于做好了。虽然自己吃过无数次年糕，但之前小梦并不知道，年糕是这样用糯米饭一点点捶打出来的，现在想起来，之前吃的那些年糕可真是来之不易。家长们帮助老师把年糕切成小块，裹上年糕粉放到盘子里，分给每一位小朋友。这些蘸着砂糖黄豆粉的是甜年糕，包裹海苔蘸着酱油的是咸年糕，大家可以根据自己的喜好，选择自己想要的口味。也许是因为自己参与了劳动，小梦觉得今天的咸年糕，真是太好吃了！尝一口就让人爱上了这个味道。

新鲜出炉的年糕很糯，小朋友们发明了一个比赛，大家边吃边给年糕拉丝，看谁拉出的年糕最长。小秋每次都想打破纪录，最后总是把年糕拉成两段，粘得满脸都是，让小梦笑到肚子疼。

在一阵阵笑声里，大家迎着洁白的飞雪，送走了旧的一年，寺庙里响起的钟声，提醒大家新的一年到来了，所有人就这么站在飞雪里，欢笑着、喜悦着、歌唱着……

彼得·潘来了

“所有孩子都会长大，除了彼得·潘！”每次在妈妈提前录好的动画片《彼得·潘》里听到这句台词时，小梦都会觉得热血沸腾！看着彼得·潘带着孩子们在天空飞翔，一次次去永无岛打倒虎克船长，小梦都在想，为什么彼得·潘不会长大？永无岛的时间真的不会流逝吗？

天真的小梦曾无数次趴在窗口，期待着有一天，彼得·潘可以出现在自家门口，带自己来一场梦幻的飞行冒险。就这样小梦一遍遍地看着《彼得·潘》，一次次偷偷打开阳台窗户，等待着彼得·潘，等待着属于自己的奇幻旅行。有时候，小梦等着等着就睡着了，在梦里，小梦觉得自己看到彼得·潘从海上飞过来了，停在窗外，召唤自己，但自己熟睡的身体怎么也不能从床上起来。直到有一天，葛木老师宣布了一件事，让小梦觉得，彼得·潘真的来过了！

那是初春的一个阳光明媚的日子，经历了严冬的风雪，小小的嫩草从土地里冒出了头，树梢上也点缀了几许新绿，一种隐藏的生命力量，正在苏醒，通知小朋友们，春天来了。

那天，葛木老师非常认真细致地给大家讲了一遍《彼得·潘》，小梦听得津津有味，伴随着葛木老师悦耳的声音，动画片的画面在眼前铺陈开来，葛木老师轻轻地合上书，微笑着对小朋友们说："樱花班的小朋友们，你们喜欢《彼得·潘》吗？"

"喜欢！"小梦觉得自己的声音是全班最大的，甚至盖过了大嗓门的小秋！

"告诉大家一个好消息，今年我们樱花班的小朋友，在毕业前要给大家演出的剧目就是《彼得·潘》！从今天开始，葛木老师就要帮大家做准备啦！"

"我要当鳄鱼！"葛木老师话音未落，小明就开始抢角色。

“鳄鱼啊？你的嘴巴不够大，你来演虎克船长怎么样？”葛木老师提议。

“哈哈哈，虎克船长！你要被鳄鱼吃掉了！”小秋调侃小明。

“老师，他不能演虎克船长，因为虎克船长没有手，只有一个钩子，他没有钩子啊，他怎么演呢？”小爱奶声奶气地向葛木老师提问。

“小爱不用担心，老师们会帮小朋友们制作道具的，虎克船长会有自己的黑色眼罩和钩子手的，彼得·潘也会有自己的树叶衣服，不过呢，我们先要选出参加表演的人！”听完葛木老师的话，大家七嘴八舌地议论起来。

“这样吧，老师来说角色，感兴趣的小朋友们，听到自己喜欢的角色，就举手报名。因为彼得·潘和温蒂台词太多了，所以我们要请两位小朋友分工扮演，也就是我们有两个彼得·潘和两个温蒂：彼得·潘A和彼得·潘B，还有温蒂A和温蒂B。如果有一个角色，大家都想演，我们就投票，大家一起决定，好不好？”

“好！”小朋友们高声回答葛木老师。

“那我们就开始了！谁想演彼得·潘？”

“我！”全班只有小秋一个人举手！

“哇哦，小秋真厉害，勇于挑战！那就是你啦！还有一个名额大家推荐下！”葛木老师在小本子上记下小秋的名字，小秋得意地冲小梦挤挤眼睛。小梦也笑着向小秋挤挤眼睛，小梦觉得小秋太厉害了，敢挑战主角！

“我们已经有彼得·潘了，那么谁想演温蒂？”

小秋突然站起来，一把抓起小梦的手，举起来，说道：“她要演！”小梦被吓得目瞪口呆，小秋在小梦耳边说：“小梦，我是彼得·潘，你是温蒂！”不知道是太喜欢《彼得·潘》，还是小秋的眼神让人无法拒绝，小梦竟然对着老师点了头。

它永远属于你！

“对不起，我必须长大，但这个给你，它永远属于你！”小梦从头上拿下一个发卡，递给小秋饰演的彼得·潘，小秋接过发卡，认真地念着对白。

“为了你，我愿意长大！”小秋深情且不舍地看着小梦。

音乐响起，天空飘下花瓣，老师们念起旁白。

“小秋，对不起，我又说错了！”小梦一边拍着自己的头，一边道歉。

“没关系，小梦已经很厉害了！这么多词，小梦都记住了！”

“葛木老师，我应该先摘发卡再说台词，还是先说台词再摘发卡？”

“都可以啊，小梦，你和小秋商量，按你们习惯来做。”

小秋拉着小梦到一边商量，演船长的小明走过来问老师：“老师，我刚刚演船长的时候，是不是应该站起来？那样更吓人！”

这就是樱花班的小朋友排练《彼得·潘》的日常，每天大家都在老师的带领下，一起背台词，一起练习表演中的集体舞和大合唱。小梦觉得每天的任务都满满的，除了记台词和歌词，还要记住登场顺序和走位的路线。对于小梦来说，在全园师生和家长面前表演，朗读大段大段的台词，真的是想都不敢想的挑战。小梦感觉十分紧张，看着日历上被老师做了标记的演出日期越来越近，紧张感也变得越来越强了，小梦有时候真希望彼得·潘能在夜里把自己带走，这样就不用演出了。但是一想到，如果自己走了，小秋就没有温蒂了，又觉得，不管多么辛苦，自己都应该尽全力坚持下来！更何况，和葛木老师一起帮小朋友们做道具，真的是一件令小梦非常开心的事情。

根据园田幼儿园的传统，小朋友们演出时穿的服装和道具都是由老师和同学们亲手制作的，从筹备演出开始，每天早上小朋友们来到园田幼儿园的第一件事就是拿出自己从家里带来的各种回收材料：报纸、垃圾袋、旧衣服、废纸箱。这些看起来没什么用的"废物"，在老师们手里，像是被施了魔法一样，随随便便弄一弄，就变成了一件件精美绝伦的演出服装和道具。每天去园田幼儿园和老师们一起做道具，成了小梦早上起床最大的动力。

"葛木老师，我一共团了10个报纸团！"Marin拿着一捧纸团递给老师。

"Marin真厉害，小爱、小梦你们团好报纸团一起交给百代。"

百代认真地整理大家团好的报纸团，然后帮助葛木老师把小朋友们团好的报纸团塞进绿色的垃圾袋，葛木老师把一个个绿色垃圾袋拼接起来。

"哇！这是大鳄鱼的身体！"小秋兴奋地说。

"大家不要着急，我们还要给鳄鱼做眼睛和牙齿。"葛木老师把鳄鱼服铺在地上，拿出黑色和白色的纸板，开始为鳄鱼做眼睛，大家围在一旁认真地看。小梦觉得葛木老师太厉害了，纸片眼睛和纸片牙齿贴上之后，整个鳄鱼都活了起来，看起来十分可爱，一点儿也不凶残！小梦终于不再担心小明扮演的虎克船长要被鳄鱼一口吃掉了。

小梦非常喜欢自己的裙子，老师用粉色的布料一片片精心地裁剪出小梦的裙子，再用针线细细地缝好。为了让裙子在舞台上看起来更闪耀，老师还在裙子上缝制了亮片、纱网、花朵和小花边。在小梦眼里，这条裙子真的太好看了，比商店里卖的舞蹈裙还要别致，还要美丽。小秋饰演的彼得·潘的衣服也非常逼真，每一片树叶都清晰可见，老师们缝得很用心。小秋特别喜欢自己的那个尖顶帽子，老师们刚做好，她就迫不及待地戴上了，张开双臂满教室地跑，仿佛她已经成了真的小飞侠。

小明穿上了老师为他缝制的虎克船长的衣服，老师们用纸片做的钩子手和海盗刀十分逼真，如果不拿在手里，小梦一定会觉得就是铁做的。小明穿上海盗服，戴上海盗帽，用眼罩遮住了一只眼，却依然挡不住身上的帅气。若干年后，小梦再回看集体合影照片时，依然觉得虽然小明演的是反派人物，却有着十足的主角气场，怎么看都像是男一号。

在老师们的带领下，全班同学一起绘制了永无岛的背景板，还做出了一艘大大的海盗船，小梦觉得每天和大家一起唱着歌、画着画，真是太开心了！差不多整整一个月，大家就这么忙碌着，一起成长，一起欢唱，一起进步，一起看樱花开放，一起经历属于自己的美好童年！

樱花开了！

小梦打开窗子，一阵风吹来，漫天的花瓣雨飘落下来，粉色的、小小的花瓣，飘到窗前，飘到小梦的发梢上，飘到小梦的肩膀上，看着新衣服上的樱花瓣，小梦想掸又不舍得。

镜子里的小梦穿着干净的白衬衫，精致的西装裙，白色的长筒袜，黑色的小皮鞋，头发被整齐地梳成两个小辫，打扮得十分隆重。这身新衣服是妈妈上周特意带小梦去买的，买衣服的时候，小梦察觉到妈妈的神情很复杂，带着些伤感又带着些骄傲。虽然来日本只有7个月，但小梦觉得自己长高了，以前的衣服都小了一号。小梦对镜子里的自己很满意，这身又高级又漂亮的衣服让自己看起来更像小学校的小姐姐们，

端庄优雅，完全不同于平时那个穿黑色运动服傻傻玩泥巴、吃零食、看卡通的小屁孩。

和以往不同，今天园田幼儿园的门口停满了自行车，园田幼儿园滑梯旁的那棵樱花树也开花了，风吹过，花瓣如雨一般飘落，树下站着很多老师、家长和小朋友。樱花树下有个身影看起来熟悉又陌生，小梦觉得是小秋，但又不敢确认。就在小梦疑惑的时候，老师安排大家进入了体育馆。

虽然这是平时上体育课的体育馆，是进行戏剧表演的体育馆，但也许是因为所有家长和小朋友们都换上了正式的服装，小梦突然觉得体育馆变得不一样了。老师安排小朋友们和家长分开，家长们坐在台下，樱花班的小朋友们则分成两列，站到了体育馆的左后方。按照老师的要求，被点到名字的小朋友要独自走上台去表演自己的特长，表演完再接受校长颁发的毕业证书和纪念册，然后走下台，坐到父母旁边。每个小朋友被点到名字的时候都要用最大的声音喊出：“Hi！”然后精神饱满地走上台！

“小爱！”穿着西服裙套装的小爱，开心地走上台，表演了跳绳。表演完，台下响起一片掌声，小爱接过校长颁发的毕业证，开心地在台上与校长合影。

“百代！”立志要当空姐的百代，穿起套装完全不一样，像个广告明星，长长的披肩发，看起来随时可以去拍洗发水广告。百代在台上唱了一首很多人都会唱的、非常欢快的歌，独唱很快变成了大合唱。

“Marin！”老师喊到Marin的时候，台下十分热闹，Marin的姐姐妹妹们还有其他班级认识Marin的老师们，纷纷鼓掌，小妹妹也跟着老师大喊Marin的名字，这种热闹打破了典礼的肃穆和沉静。Marin在台上为大家表演了模仿秀，她绘声绘色地模仿着卡通片里的各种人物，逗得大家前仰后合。

“小明！”穿白衬衫的小明真的很帅气，他跑步上了台，深深地向大家鞠了个躬，然后挽起袖子，为大家表演了前滚翻，小梦使劲地为小明鼓掌。

就在小梦鼓掌的时候，突然有个人站到了小梦旁边，拍了拍小梦的肩膀。小梦回头一看，是个留着一头黑色短发，穿着西装，英俊帅气的男生，小梦觉得这个男生似曾相识，又有些陌生，像是刚刚在樱花树下看到的那个身影。

希望你幸福安好

“小秋！”就在小梦发呆的时候，身边的帅气男生，大喊一声“Hi！”便快步往台上走去，留下目瞪口呆的小梦站在原地。

小秋！这怎么可能是小秋！小秋不是长头发吗？小秋不是金色的长头发吗？小秋是一个长得像混血儿的女孩儿啊！为什么小秋没有穿裙子，而是穿了男生才会穿的西装长裤！可老师喊小秋的时候，他真的答应了！

穿着黑色西装，灰色衬衫，系着酒红色领带的小秋，在舞台灯光的照耀下非常帅气，灵动的眼睛有一丝孤傲又有一丝伤感。和平时爱说爱笑的小秋不一样，今天台上的小秋非常安静，他静静地唱了一首关于樱花的歌，唱得很好听，大家听得十分入神。演唱结束，小秋深深地向台下鞠躬，就像那天表演完《彼得·潘》老师要求的那样，一直鞠着躬，保持不动，听着台下的掌声。小秋从台上下来的时候，小梦看到，小秋轻轻擦了下眼角，也许吧，小秋的这个鞠躬既是感谢大家对他演唱的支持，也是感谢在幼儿园这几年来老师和同学们对他的包容和陪伴，这个鞠躬，是向大家告别，也是向自己天真无邪的童年告别。下个月，小学开学的时候，小梦依然能够在学校看到小爱、百代、Marin和小明，唯独看不到小秋，因为他选择了和大家不同的小学，以后可能很难再有机会相见了。想到这里，小梦的心突然紧了一下，目光努力地追随着小秋的身影，看着小秋走下台，走到座位上，小梦心里有些后悔没有和小秋多说几句话。

“小梦！”听到葛木老师喊自己的名字，小梦突然从自己的小世界里醒了过来。

小梦拎着自己的呼啦圈，跑上了舞台，边走路边转呼啦圈是小梦的拿手好戏。在长春的时候，小梦就练得很好，也许是其他小朋友都没有这样的特长，小梦的表演一下子掀起了会场的高潮，大家纷纷站起来给小梦鼓掌加油。表演得大汗淋漓的小梦，从校长手中接过了属于自己的毕业证书和纪念册。纪念册的封面是小梦手绘的图画，小梦有些埋怨自己，早知道要用这张画做封面，画画那天就应该认真一点，画得好看一点，怎么就糊弄着画了个奇奇怪怪的黑色的天空。翻开纪念册，第一张照片就是樱花班全体师生和校长的合影，照片上有一张薄薄的纸，纸上对应人脸的地方，竖印着每个人的名字，小秋名字的下面还是一张留着金色长发的脸。

典礼结束，大家纷纷掏出相机合影，记录下在幼儿园的最后时刻，拍完照的家长和老师道别，带着小朋友们离开。

“拜拜，”

“拜拜。”

“再见啊！”

“嗯！下次再一起玩哦。”

“保重……”

“在小学里加油哦！”

小梦让妈妈给自己和好朋友们一起拍了照：小爱、百代、Marin、小明。这时，小梦看到小秋向葛木老师鞠躬，跟着父母走出了体育馆，十分着急，拉着妈妈往体育馆外走去。

“小梦，不和葛木老师合影了吗？”

“等一下，妈妈！我等会儿回来和葛木老师照相！小秋要走了！我要和小秋先拍张照片！我以后就见不到小秋了！”

小梦在院子里追上了小秋，两个人终于在樱花树下拍了一张合影，小梦问小秋：“所有的女生毕业典礼都穿了裙子，为什么小秋却选择穿长裤？”

“因为我不是女生，是男生啊！”小秋回答道。

虽然这个答案，小梦在体育馆看到小秋的时候，心里已经猜到了，但是当小秋亲口说出来时，小梦还是觉得很不可思议，在和小梦的合照里，小秋又摆出了他的招牌鬼脸。小梦终于相信，眼前这个人真的是自己最好的朋友小秋，是园田幼儿园中给自己最多关爱和帮助的小秋。

小秋挥手向小梦道别，这次挥手之后，小梦再也没见过小秋。

也许就像小秋在那首歌里唱的：樱花飘落的时节，我们相遇又分离，在人生的路上，希望你幸福安好！

人生的第一场面试

“小梦！有你的明信片！”黄毛给小梦送来一张明信片，小梦拿着明信片，觉得很奇怪，自己在日本并没有什么朋友，长春的姥姥姥爷平常也都是通过电话联系，谁会给自己寄明信片呢?

妈妈拿过明信片对小梦说，这是市役所（相当于中国的市政府）寄给小梦的“小学邀请”明信片。在日本，无论什么国籍，每个适龄的儿童都会收到市役所寄来的“小学邀请”明信片，明信片上只有一个选项，是否选择公立小学入学，选好之后，还要把明信片寄回去。三月初，园田幼儿园樱花班回寄明信片，选择公立学校的小朋友都收到来自“小园小学”的面试通知书，通知书上标注着面试的时间和地点。

小园小学就在园田幼儿园的对面，对小梦来说，如果能在小园小学就读，真的是太方便了：一方面，小梦已经熟悉了去园田幼儿园的路：另一方面，除了小秋，基本上樱花班的小朋友都会在小园小学就读。所以，这次面试，对小梦来说至关重要，小梦希望自己能够顺利地通过面试，和小朋友们一起入学。为了迎接面试，平时一直穿运动服的小梦，特意换上了连衣裙，搭配白色小毛衣和小皮鞋，看起来非常乖巧，妈妈也换上了平时很少穿的西服套裙。

“小梦，请进！”小梦和等待面试的小朋友们都站在教室外面的走廊上，听到老师喊自己的名字，小梦整理了一下衣服，深吸了口气，往教室里走去。一个声音温柔的女老师问了小梦几个诸如喜欢吃什么食物，喜欢看什么书，有什么爱好，平时经常和爸爸妈妈去哪里玩，这样简单的问题，小梦觉得自己和老师聊得很开心，也很放松。

校长爷爷在一个单独的房间里面试了小梦的妈妈，妈妈需要回答的问题比小梦的复杂多了。校长爷爷需要了解小梦的详细情况，看是否需要为小梦安排特殊的照顾。校长爷爷问了妈妈小梦的身体情况，有没有过敏的食物或者先天疾病，这是为了确认小梦是不是能和大家一起参加学校的体育课程和外出学习。校长爷爷也问了小梦的家庭情况，爸爸妈妈的婚姻情况，家人的状况，有没有小梦不能触及的敏感话题，这主要是从心理方面了解小梦的情况。妈妈回忆，校长爷爷非常绅士，还帮助妈妈确认了小梦每天的“通学路”。

“通学路”是小园小学的老师和家长们，为学生安排的上下学的路线。按照小园小学的规定，全校所有学生都需要自己上下学，家长们不能参与接送，一到六年级的学生，都必须遵守这个规定。入学前，家长要在地图上标出自家的位置，然后老师会用荧光笔和家长一起确认，从家到学校最便捷、最安全的上下学路线，一旦路线确认，除搬家外是不能更改的了，这条荧光笔画出的路线，就是这名学生的“通学路”。

小园小学要求全校六个年级，每个班的家长都要参与“通学路”值班，家长们需要戴上黄色的袖标，在孩子们上下学时会经过的路口确保孩子们通行安全，看到小园小学的学生路过时，还要热情亲切地打招呼。看到学校和社区对孩子们的安全如此重视，妈妈非常开心。

作为国际学生的家长，妈妈有些担心小梦的日语跟不上学校的课程，没想到校长爷爷比妈妈还有信心。校长爷爷说，之前学校也有一位五年级才转学来的中国学生，来到学校的时候完全不会日语，但是很快也适应了学校的环境，像小梦这样已经从园田幼儿园毕业的学生，完全不用担心。看到校长爷爷坚定而温柔的眼神，妈妈彻底放心了。

开学典礼

“葛木老师！”妈妈陪小梦去小园小学参加开学典礼，没想到在园田幼儿园门口碰到了葛木老师。

“哎呀！我们小梦是小学生了！”

再次看到葛木老师，小梦突然有种恍如隔世的感觉，回想起自己第一天来上课时，葛木老师就是在这个小花坛前面蹲下身用中文和小梦打招呼，那时候的小梦几乎不会日语。而今天，穿着园田幼儿园毕业典礼套装的小梦，已经以一个小学生的身份，用十分流利的日语，自如地跟葛木老师对话了。

“葛木老师，我今天就要上小园小学了！就在对面！”

“小梦真厉害！有时间要常常回来看老师啊！”

小梦点点头，向葛木老师道别之后，跟着妈妈进了小园小学的大门。

小园小学的校门是推拉铁门，差不多有园田幼儿园铁门的两倍宽，一辆轿车可以顺利地通行，校门旁边的石墙上，竖着一块铁牌，写着“小园小学”几个字。走进学校后，在体育馆门口，小梦看到了Marin和百代，并开心地和两个人打招呼。体育馆门口贴着一张写满所有学生名字的座位表，学生们需要按照座位表就座，家长则统一坐在各班级后方的区域里。

“我在四班！”Marin第一个找到了自己的名字。

“我也在四班，小明和小爱在我前面！”百代开心地发现小明和小爱也在四班。

“小梦呢？小梦你在哪个班？”Marin着急地帮小梦找名字！

“四班！我也是四班！”小梦激动地喊了出来，这一声喊得小梦都有点儿不认识自己了，一向拘谨胆小的小梦，怎么有勇气在陌生的地方，当着这么多陌生人的面如此大声地说话！只能说得知和自己幼儿园所有的好朋友分在同一个班级里，真的太让人激动了！Marin和百代一把抱住小梦，三个人开心地原地击掌，旁若无人地庆祝了起来。

开学典礼上，和蔼可亲的校长爷爷首先致辞，欢迎大家入读小园小学，不过整场典礼上，最“火”的人还是一年四班的班主任加地老师。

“大家好！我是一年级四班的班主任——加地老师！”

“加地？”

老师刚刚说出自己的名字，台下就一片哗然，小朋友们七嘴八舌地议论起来。

“没错！就是加地！”

一个调皮的学生大喊：“着火啦！”其他学生们跟着哈哈大笑！

“加地”这个名字的发音在日语里和“着火”谐音，所以，加地老师一说出自己的名字，体育馆就炸开了，大家都觉得太不可思议了，这个老师的名字好有趣。

“我的名字是不是很好记！我相信大家一定都记住了，以后见到我，请记得叫我加地老师！”有这样一位有趣的老师当班主任，还有园田幼儿园的好朋友做同学，小梦已经迫不及待地想开始自己在小园小学的新生活了！

“同学们，请按照座位上的标签坐好！希望大家都能顺利找到自己的座位。”典礼结束后，四班的同学们跟着加地老师回到了自己的教室，更大的惊喜正在等着小梦。一年级四班的教室看起来和《樱桃小丸子》里教室布局一样：大大的黑板，宽宽的讲台，讲台一侧是老师的办公桌，每个学生都有自己的专属桌椅，桌子右上角贴着学生的名字。教室的桌椅两个为一组，只有最后一排有一组三人桌，而小梦的位子就是三人桌靠窗挨着樱花树的那一个。

“你好！我是若琳！”小梦位子右边的女生主动跟小梦打招呼。

“你好，我是小梦！”

“你好！我也是若琳！”若琳旁边的男生也和小梦打招呼。

“你们都姓若琳吗？”

“是啊！”两个人异口同声地回答。

“太有意思了！”三个人笑作一团。

小梦坐在自己的位子上，摸着自己的专属书桌，心中狂喜不已！这可是一张真真正正属于小梦自己的桌子啊！

除了桌椅之外，小园小学为每个同学都准备了一个蓝色的塑料抽屉，准确地说，这是陪伴学生们整个小学生涯的文具收纳抽屉。小梦每天到校后的第一件事，就是把书包里的所有书本和文具拿出来，放到蓝色抽屉里；把书包上挂着的装有体操服的袋子拿下来，挂在书桌旁的挂钩上；再把书包放到教室后面的那个属于自己的小柜子里。可以说这个小抽屉，就是学生们在学校的小世界。

女生若琳拉开了抽屉，说道："哇，有这么多文具！"

小梦也急忙拉开自己的抽屉，看到一抽屉的文具，小梦开心不已，仿佛拥有了这个文具大礼包，自己就拥有了知识!

小梦往窗外望去，园田幼儿园的樱花已经凋谢了，小学的樱花开得正好，小梦再看看教室里，曾经一起在园田幼儿园滑滑梯的同学，如今又拿着相同的书包坐在教室里的不同角落，这感觉怪怪的，小梦觉得每个人都既熟悉又陌生。连小梦自己也一样，小梦看着玻璃窗里的自己，觉得自己是以前的小梦，又不是以前的小梦，看着樱花，小梦突然想起了小秋：小秋，你还好吗？你现在在哪里？一定也开学了吧！你的窗外也有樱花吗？

HOME：像家一样的学校

“我回来了！”小梦一边大声地说着，一边把鞋子放进鞋柜里。

“小梦，下课啦！快去洗手吧，我们要吃下午茶了！”酒井老师笑眯眯地对小梦说。

在小园小学操场的角落里，有一间好看的红色小房子，和刻板的教室不同，这间被称为HOME的房子，充满了各种乐趣。在这栋房子里，小梦有两个“妈妈”：爱笑的酒井老师和笑起来很可爱的松本老师。当然，还有小园小学一年级和二年级的30多个兄弟姐妹。

准确地说，HOME算是小园小学的“托管班”，由于一年级和二年级学生的课程很少（一年级有时

候中午12点多就放学了），但很多双职工家庭的父母要5点才能下班，所以，小园小学为不能回家的孩子安排了“托管”服务。下课后需要托管的学生会一起去HOME，在这里不分年级也不分男女，每6个人为一组，小组里年长的哥哥、姐姐会像照顾弟弟、妹妹一样照顾年幼的学生，有时候还会帮忙辅导作业。每个组的小朋友会轮流做值日生，负责打扫卫生。回到HOME以后，所有人都要先写作业，作业写完了就可以随意看书、画画。3点以后是HOME的下午茶和娱乐时间，老师像妈妈一样，安排大家一起吃零食、打篮球、玩剑玉，有时候大家也会一起看电视，所有在HOME的学生会一直待到4点半才离开。遇到节假日或者有小朋友过生日，老师们还会在HOME里举行派对。

对小梦来说三年级以前去小园小学，除了上课以外，最美好的时光都是在HOME度过的，特别是百代还有小明也一起在HOME，这让小梦觉得更加温馨。

除了HOME以外，学校的“生活课”也让小梦觉得小园小学就是自己的另一个家。

“同学们！明天请记得带刷子来学校啊！”星期

四放学的时候，加地老师再三叮嘱大家，“记得啊，我们明天有生活课！”

由于加地老师再三提醒，小梦对生活课越来越感兴趣，而且周四晚上回家的时候，妈妈看了家长联络本，也问起了小梦：“加地老师说了为什么要带刷子去学校吗？你们的生活课要做什么？”小梦嘟嘟嘴，向妈妈摇摇头。

周五一早，小梦和往常一样，在教学楼门口的换鞋区换好了室内鞋，听到旁边两个高年级生在聊天。

“回家的时候，你一定要提醒我带鞋子，我上次就忘记带鞋子回家清洗了。”

“我比你惨，我倒是把鞋子带回家洗干净了，但是周一忘记带回来了！”

“那你穿了什么？光脚吗？”

“还不如光脚，我穿了失物招领处的脏鞋子，又臭又大，啊！太恐怖了！”

听了高年级学生的对话，小梦心里一惊，原来这些鞋子今天放学要带回家，周一洗干净还要再带回来！

中午吃饭时，一向消息灵通的Marin跑来告诉小梦和百代，下午的生活课，加地老师要教大家刷鞋子。下午上课的时候，老师让大家换好室外鞋，拿着刷子和室内鞋在院子里的水池旁集合，老师为大家示范了如何使用刷子和肥皂刷鞋，女生们马上模仿着老师的动作积极地刷了起来。

“老师，我这样做对不对？”女生们都刷得很认真，每个人好像都在暗暗较劲，希望自己刷的鞋子最白、最干净。小梦也不甘落后，即使溅了满身水，依旧挥汗如雨，努力地刷着！平时看妈妈刷鞋很轻松的小梦，这一次终于体会到刷鞋的辛苦了。

“哎呀！”小明和几个男生刷着刷着就开始调皮了，他们用肥皂水吹起了泡泡，弄了女生们一身，惹得女生们生气地大喊。男生啊！真是除了玩，什么都不会。女生们嫌弃地看着他们。

这就是小园小学的生活，对小梦来说，真是每一天都像在家里一样。

怎么尿裤子了

“石头，剪刀，布！”小梦和小伙伴们在小巷里大声地喊着。

“我看不见，你出了什么？”小爱扯着嗓子问小梦。

“剪刀！”小梦大声地回答。

“我是布！”小爱有点沮丧地说。

“那我走！”小梦边说边往前迈了几大步。

这就是每天放学路上，小梦和小伙伴们最喜欢玩的猜拳游戏。从出校门起，游戏就开始了，游戏的规则十分简单：赢的人走，输的人原地不动。就这样，一条原本耗时十几分钟的通学路，小梦每天至少要走半小时。如果遇到小爱这种常常输，腿又短的同伴，走上一个小时也是正常的。有时候为了等小爱，小梦会探索自然，比如尝尝路边生长的各种植物。这其中，最好吃的是扶桑花的花蜜，甜甜的、香香的；运气好的话，有时候也能遇到甜甜的水果，但大部分情况下，小梦和小朋友们找到的，都是又涩又苦的“残次品”，甚至果子上还有毛毛虫。

“这是什么？”小梦问Marin。

“我觉得是蓝莓。”Marin边说边摘下几个，抓了一个放进自己嘴里，另外几个给了小梦。

“啊！这是什么东西！”Marin边吐边说。

“这哪是蓝莓啊！”小梦也忙不迭地把所谓的“蓝莓”吐了出来。

“小梦，我先走了！这个太苦了！我必须得回家喝点水。你等小爱吧！”Marin扔下了小梦，朝家的方向跑去。

“石头，剪刀，布！”小爱还在远处认真地喊着！

“小爱！小爱！你快过来吧，不玩了，Marin回家了。”听到小梦的召唤，小爱三步并做两步跑了过来。

“Marin怎么了？她不玩了吗？”小梦把“蓝莓”

递给小爱。

“就是这个，我们都吃了这个，Marin吃得多，她先回家喝水了。”

“哦，那我也回家了。小梦再见！”小爱跟小梦道了别，往自己家的方向走去。

“小爱再见！”小梦也独自往家的方向走去。

也许是因为在学校喝了太多水，也许是因为在路上有些着凉，小梦突然觉得很想小便，小梦心想，不会是刚刚那个蓝莓在作怪吧，小梦越想越紧张，肚子涨到不行，脚下的步子也加快了。

“小梦，这么早就回来了！”楼下小商店的阿姨热情地跟小梦打招呼，小梦如同看到了救星。

“阿姨，我可不可以借用一下洗手间？”

“去二楼吧！”阿姨指了指店铺旁边的木楼梯。

“谢谢阿姨！”小梦连书包都没来得及摘，就往楼梯跑去，不承想悲剧还是发生了。小梦走到楼梯的一半时，就尿了出来。小梦急得直哭，看着楼梯上的尿，不知道是应该继续上楼，还是接着尿完，这一切都被跟在后面的阿姨看到了。阿姨安抚小梦：“没关系！没关系！尿吧！尿吧！不用在意！”

“阿姨，真的很抱歉，给您添麻烦了。”

阿姨笑着把手指放到嘴巴前，做出了一个“保密”的手势。从那以后，每当小梦路过阿姨的商店时，两个人都会热情地打招呼。小梦也常和妈妈去阿姨的商店，买一些新鲜的章鱼、蔬菜和牛奶等。至于尿裤子这件事，就连小梦的妈妈，都是在小梦长大后，从小梦那里得知的。

人生的第一个暑假

“您好，我是刘小梦，请问小爱在家吗？”小梦拨通小爱家的电话，小爱的妈妈已经熟悉了小梦的声音。

“小梦啊，我是小爱的妈妈，小爱去爷爷家了，要下周才回来。”

“谢谢阿姨，阿姨再见。”虽然和小爱的妈妈已经很熟了，但是打电话时听到家长的声音，小梦还是会紧张。

“您好，我是刘小梦，请问Marin在家吗？”

“Marin和奶奶去大阪了，刚出门。”

暑假，独自在家的小梦，想找个能一起玩的朋友太难了。无聊的小梦只好一遍遍地看妈妈录好的动画片，或者把椅子圈起来假装在家里开车，直到好朋友由以子打来电话。

“小梦，你刚刚给我打电话了？”电话里传来由以子欢快的声音。

“是啊，你去哪里了？”小梦的语气有一丝丝埋怨。

“我去学校游泳了，这个星期学校游泳池都对外开放。”

“真的吗？我也好想去游泳啊！”一听到可以去学校游泳，小梦瞬间来了精神。

“那一起吧，明天下午我们一起去！”

“太好了！”小梦心里的阴霾，瞬间消散了。

挂了电话，小梦翻出泳衣，开始回忆放假前在学校上游泳课的情景……

“女生！女生们到这边来！男生，男生们都去对面！”

全年级120个学生换好了统一的藏青色连体泳衣和红色游泳帽，每个学生的泳衣上都被缝上了一块白色的布，并用粗的马克笔在上面写下自己的名字，男女生被老师分别安排在泳池的两边，同学们隔着泳池还在开心地互相打招呼，四个班的班主任，轮流教大家。

“同学们请坐好，我们现在要练习打水了，请用你们的双脚，努力地拍打水面！”

在老师的号令下，全体学生坐在泳池边，不停地用双脚拍击水面，整个泳池里笑声、水花声、喊叫声、口哨声混成一片，阳光照射到水面上，粼粼的波光，让夏天显得格外热闹。小梦努力地用双脚拍击水面，想拍出最大的水花！

加地老师一声哨响：“同学们，我们要开始玩游戏了！”

加地老师话音未落，一个男老师就把一大桶彩色的橡胶球倒进了泳池里！

“哇！好多球啊！”

“好漂亮的球！球都沉到水里了！”

同学们看着一泳池五颜六色的球，惊呼不已，这么欢乐美好的场景，小梦只在水上乐园见过，这真的是游泳课吗？是学校的体育课吗？小梦太开心了。

“现在我们就要开始玩游戏了，一会儿哨声响起，同学们就可以去泳池里找球了，找到最多橡皮球的同学，会获得奖励哦！”

随着加地老师的哨音响起，泳池里瞬间挤满了红脑袋，同学们全扎进了泳池，岸上空空荡荡。小梦一个猛子就扎到了水底，红色！一个红色的球！就在小梦要伸手的瞬间，一个男生迅速地从小梦面前拿走了红球。

不甘示弱的小梦，转身往彩球更多的区域游去。勇敢的小梦为了找到更多彩球，一直努力地睁着眼，为了有更多时间在水下寻找彩球，小梦也尝试着延长憋气的时间。通过不懈努力，游戏结束时，小梦找到了7个彩球。一班的一个男生以23个球的成绩，拿到了全年级第一名，也获得了今年的第一个年级奖励。四班的第一名是小明，他找到了20个球，这让小梦对小明另眼相看了。

“小梦！走吧！去游泳吧！”楼下传来由以子的声音，小梦拿好书包出了门，心中暗下决心，今天一定要好好练习憋气，如果再有捞彩球比赛，一定要捞到更多的球！

秋日的美好

“花信风、梦见草、蝉时雨、名残雪……”成为小学生的小梦，在课本学习到了越来越多的词语，这些细腻、清丽，甚至有些哀美的词，只是简单的几个字，就把四季的平常之事说得含蓄动人。随着枫叶变红，超市的海报、电车站的广告，甚至动画片里，随处可见“读书之秋”“运动之秋”“食欲之秋”……每每看到这些宣传语，小梦都觉得，大家在秋日里可真忙啊！为什么小梦还是和往常一样，无聊地上下学？直到有一天，HOME的老师宣布下周要组织同学们远足摘栗子，小梦突然觉得，秋天可真好！

“大家要和小组的同伴一起加油啊！远足前，我们要整理好所有关于栗子的资料啊！”在酒井老师的带领下，各组都做起了关于栗子的研究，和栗子相关的书被大家铺了一地。

“哦，原来栗子长得像刺猬！外面还有带着刺的衣服！”

“栗子蛋糕和栗子蒸饭太好吃了！”

大家认真地查阅和栗子有关的资料，有的小组成员从植物学的角度研究栗子，有的从地理学的角度研究栗子，小梦所在的小组做的是美食方面的研究。资料整理好后，每个组都要和其他组分享自己的研究所得。待所有小朋友都对栗子有了基本了解之后，出发的时间也终于到了。

摘栗子那天，天气很好，蓝天白云，微风吹过，有树叶飘落，小鸟在林间歌唱。踩着厚厚的落叶，小梦和同学们跟着酒井老师，唱着歌往山上走去。上山前，酒井老师给每个小朋友发了厚厚的麻布手套，小梦知道，这是因为栗子从树上掉落时，包裹着带硬刺的外壳，一个不小心，手就会被刺扎到。忽然，小梦在脚边发现了一个好大的栗子球，小梦蹲下仔细观察，从裂口处发现这是个“双胞胎”栗子球，这个硬硬的刺猬壳外套里面，包裹着两颗栗子。小梦伸手，

试着轻轻摸了一下，虽然早有准备，但栗子壳上的刺的坚硬程度还是惊到了小梦。栗子吃起来糯糯软软的，外面的刺怎么这么长、这么硬、这么尖！

“啊！”

“同学们小心啊！”

就在小梦感慨的时候，已经有同学被栗子壳上的刺扎到了，酒井老师提醒大家注意。

小梦急忙把手套戴起来。戴上手套的小梦，再次拿起栗子球，尝试着轻轻剥掉这层带刺的外壳，小梦小心翼翼地剥着，想用力又怕扎到手。看到由以子已经轻轻松松剥了好几个栗子，小梦鼓起勇气，勇敢地掰了下去，终于收获到自己的第一颗栗子。

慢慢地，同学们渐入佳境，互相提醒着彼此，不要被树上的栗子砸到，不要被脚下的栗子扎到。经过一下午的辛苦劳动，小梦摘了整整一布袋栗子！回家把栗子交给妈妈的时候，小梦觉得无比光荣！

不知道是摘栗子太辛苦，还是妈妈用小梦带回来的栗子做的栗子蒸饭太好吃了，小梦一口气吃了整整两大碗，吃饱了就倒在地上，抱着自己的栗子袋睡着了。

冬天来了

“雪！下雪了！”老师正在上语文课，班上有个男生突然叫了起来！

教室瞬间哗然！大家似乎都忘记了在上课，兴奋地跑到窗边看向外面。“哇，雪耶！”也许是初雪的景象的确太美了，所以老师并没有生气，而是跟着同学们一起站到了窗边。小小的雪花，落在地面上积成了几厘米厚的纯白色“地毯”，也有些雪花落到地面上遇到有水的地方，就融化了。小梦自幼在长春看惯了冰天雪地的景象，但这样的雪景却不一样，小梦觉得这样的雪看上去很温柔、很漂亮！

“好了，这节课我们下去看雪吧！”加地老师提议。

“太好了！”小朋友们掩饰不住内心的喜悦，奔跑出了教室。

除了四班，还有好几个班级的同学们也被允许出来玩雪了。男生们调皮地搓着雪球打雪仗，女生们则在找各种材料堆雪人。

“啊！好疼啊，谁啊？”正在看着积雪发呆的小梦被一个雪球击中了肩膀，雪球散落，溅了小梦一脸雪。小梦回头一看，小明正在坏笑。

从小打惯了雪仗的小梦，从树上抓下一把雪就去追打小明，虽然鼻子和耳朵都冻得通红，手也因为做雪球而冷到失去知觉，小梦却一点儿也不娇气，追着小明和几个淘气的男生对打了起来！外衣都湿了，里面一身汗，小梦在雪地里全然忘我地和同学们嬉戏奔跑。若干年后，小梦回想起来，依然记得那个美丽且喜悦的下午，感谢加地老师，让大家走进大自然，走进地球上最好的课堂。

玩时开心回家惨。晚上小梦回到家，就觉得浑身发冷，小梦以为是天气冷也没有太在意，第二天还准时参加了晨跑。

小园小学一年四季的运动服都是短衣短裤，在温

度只有3℃的冬日清晨，穿着短裤晨跑，真的是太辛苦了。小梦常常会看到自己的手臂和腿被冻到发紫，寒风吹来的时候，全班的女生都会“啊！啊！”地发出尖叫声，男生们虽然也觉得很冷，但是为了显示自己很酷，常常会强忍着不出声。晨跑是全校的集体运动，几百名学生一起出发，绕着学校跑大圈。刚开始的时候，大家为了让身体尽快暖起来，都跑得很快，一两圈之后，小梦就开始觉得自己体力不支了，虽然努力地用老师教的呼吸法调整呼吸，但小梦始终觉得胸口发闷、喉咙痛。

为了鼓励同学们多跑几圈，老师在冬季晨跑开始前，给每个人都发了张火车填色图，填色图一共有200节黑白车厢，学生每跑完一圈就可以给一节车厢填色，跑的圈数越多，能填上颜色的车厢数就越多。小梦希望晨跑结束的时候，自己能画完整张图，所以每天都努力地奔跑，希望可以多跑几圈，即使再辛苦也努力地撑着。

在打雪仗和晨跑的刺激下，小梦终于病倒了。

“小梦你穿着长裤，感冒了吗？”上学路上小梦遇到百代，她关心地询问小梦。

“我有点儿流鼻涕，妈妈让我穿的，妈妈在联络簿还给老师写了说明。”

“小梦你感冒了，不舒服要和我说哦！”

“小梦，你感冒了，今天午饭的当番（值日生），我替你做吧！”

穿长裤的小梦，一路被大家围观，突然成为焦点，小梦十分不适应。但无论是谁，冬天在小园小学，穿了长裤都会有这样的待遇，因为学校的校规就是：冬天必须露腿！进入教室，小梦脱掉外套，即使感冒了，穿了长裤上学，在教室里也不能穿外套上课，好像这已经是不成文的规定。为了不再成为大家的焦点，第二天小梦发明了一个好方法，穿着短裤和过膝长袜上学！到校门口的时候，就把长袜褪下去，露着双腿进学校，觉得冷了，就把袜子拉起来保暖。长大以后小梦才明白，学校这个冬天穿短裤的规定看似残忍，但其实能够非常有效地提高孩子们的免疫力，校长和老师们也是用心良苦了！

变幻莫测的二年级

“世の中は，三日見ぬ間，桜かな！（不见方三日，世上满樱花！）小梦你知道这是什么意思吗？”

小梦整理开学第一天需要的课本，爸爸拿起小梦的课本翻看，一边翻，一边问小梦。

小梦一边整理书包，一边不屑地向着窗外扬扬下巴。

“喏，说的不就是窗外吗？变化好快，樱花都开了！”

爸爸开心地摸了摸小梦的头，说道：“我们小梦真厉害！刚来的时候，单词都不知道，现在连诗歌都会了！”小梦开心地朝爸爸笑了笑。

小梦和爸爸聊的这首诗，确实预言了小梦二年级的整个学期，这个4月1日开始的新学年，除了有绽放的樱花，还有世事无常和变幻莫测。

在小园小学，每个新学年开始的时候，全年级的学生都会被重新分班，班主任也会做调整。这就意味着，二年级一开学，小梦就不会再见到加地老师。至于能不能继续和Marin、百代、小爱、小明，或者其他的HOME好朋友分在一个班都很难说。所以，小梦看分班表的时候，心情很忐忑。小梦一眼就在一班的名单上找到了自己的名字。经过仔细查找，小梦在一班的名单里终于找到了一个熟悉的名字——小明！除了小明，其他的朋友都和小梦不在同一个班。更让小梦紧张的是，新来的班主任青木老师看起来十分严肃，用发胶喷过的短卷发亮晶晶的，有些凸出的双眼，怎么看都像动画片里的反派，和一年级幽默亲切的加地老师看起来完全不一样。

二年级和小梦同时分到一班的，还有原一年级四班的班花小瞳，小瞳人如其名，有一双灵动乌黑的大眼睛，聪明又乖巧，全班师生都喜欢她。小梦非常希望能够成为小瞳那样受欢迎的女生，于是就开始悄悄地观察，小瞳喜欢穿什么样的衣服，用什么样的文具，喜欢写什么样的字体。小梦发现和别的女生不一样的是，小瞳每次上厕所时间特别长，而且不止小瞳，另一个大家很喜欢的女生美奈，上厕所的时间也特别长。小梦觉得自己掌握了受欢迎的秘密，于是下午在HOME上厕所的时候，特别延长了时间，明明已经上完了，还是又等了20多秒才出去，结果发现门口已经排了6个人，而站在第一个的就是小明。

小明看到小梦出来，带着几分怨气和几分厌恶，冲着小梦说："你是在里面大便吧！"

小梦又气又急，不知道该怎么解释，只是从这次开始，小梦再也不敢故意拖延上厕所的时间了。

严厉的青木老师

在小园小学，每天午饭都有人“当番”，也就是当帮大家盛饭的值日生。在园田幼儿园的时候，每天中午老师会帮小朋友们准备好午饭，小朋友们从室外游戏回来，洗手、坐下，双掌合十，大声说：“我开动了。”就可以吃到美味的午饭。而在小学，要想吃到午饭，学生们必须自己动手。每周，学校都会指定10个学生“当番”，这10个值日生需要在午饭前先去一楼食堂把大家的午饭抬上来，然后按照分工完成不同的工作，有人盛饭、有人盛菜、有人盛汤，还有人负责送饭，不值日的学生只需要把课桌对拼起来、铺好餐布、拿出餐具，安静地等着吃饭就好了。

小梦“当番”时最喜欢的工作就是盛饭，因为盛饭的学生会穿上白色的长服，还会戴上帽子和口罩，整个人看起来就像餐厅的厨师长。不过小梦发现，在盛饭的时候如何控制好量，如何尽可能公平地把饭菜分给每个人，则是大有学问的。

每个月初，学校都会把当月的菜单发给同学们，菜单上详细记录着这个月所有的午餐信息。除此之外每天还有玻璃瓶牛奶。也许是伙食太好了，小梦每天睡觉前都会看看第二天的菜单，如果赶上喜欢的菜，第二天去学校都觉得倍加精神。但如果赶上自己不太喜欢的饭菜，小梦也只能硬着头皮吃，有时候还会剩一点儿，但遇到青木老师之后，小梦再也不敢剩饭了。

“我吃饱了！”小梦双手合十，说完后，起身去教室门口归还餐具。

“打开饭盒看看！”青木老师站在教室门口，检查每个学生即将归还的餐具。

小梦自信地打开了饭盒。

“回去接着吃！”

“老师，我全吃完了啊！”

“这里，还有好几粒米饭！”

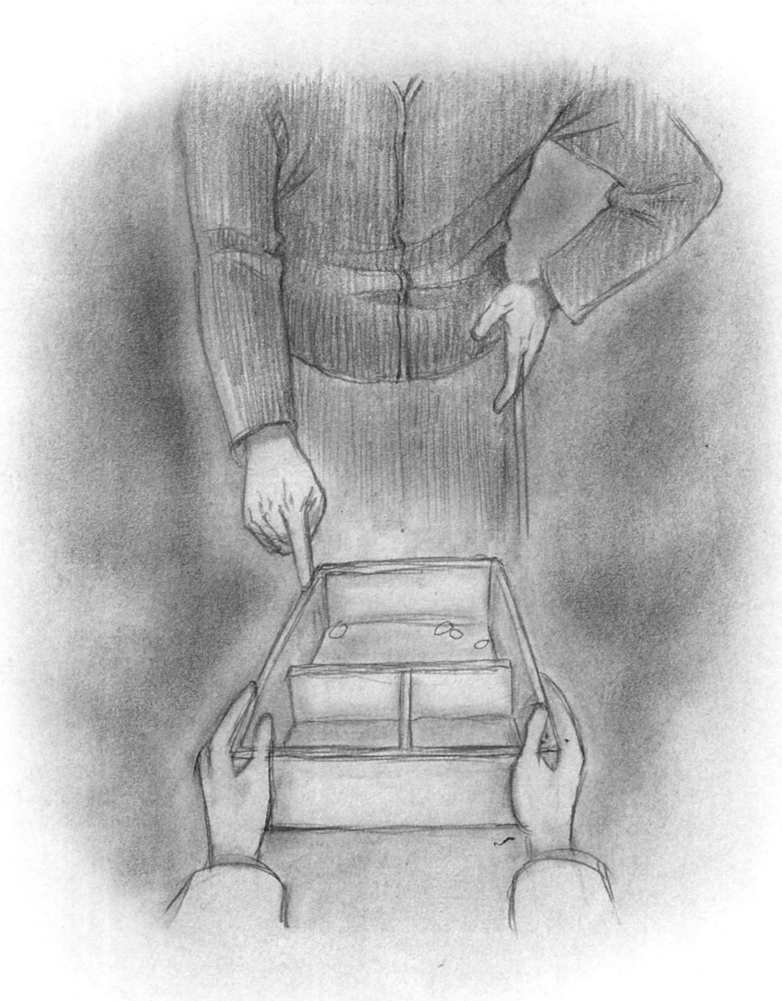

小梦觉得有些委屈，只是几颗米粒，又不是剩很多饭。

看到小梦不情愿的表情，老师大声地对全班同学说："大家注意了，我班级的学生，必须遵守我的规则，如果不能遵守，就不要吃午饭了！"接着青木老师，再次大声地说了一遍规则：

1. 一粒饭都不可以剩，实在吃不下，要整齐地靠边剩下1/3或者1/2。

2. 菜不可以倒在米饭上，吃一口菜，吃一口饭，米饭不能染上颜色！

3. 整块的面包要用手撕着吃，撕成小块放入嘴里，而不能直接啃！

4. 不是乳制品过敏的学生，必须喝完牛奶！

5. 吃饭时不许说话！

……

青木老师每天都会在教室门口认真地检查，在青木老师的带动下，二年级一班的学生们也养成了互相监督的习惯。当有人违反规定时，大家就会互相提醒。在进入青木老师的班级之后，小梦再也没有剩过饭，而且不只是在学校，在家里小梦也遵守着青木老师立下的规矩。

女厕所密室事件

“小梦！你看看门锁好了没有？”由以子小声地询问小梦。

“已经锁住了！由以子太厉害了！”

此时，女厕所的每个隔间门锁上方的标签显示的都是红色。这就是小梦和由以子在看完《名侦探柯南》后，精心制造的“密室”。放学后，小梦和由以子并没有去HOME，而是趁着没人，溜进了走廊尽头的女厕所，并且从里面锁住了大门。为了防止中途有人闯进来，两个人锁好大门之后，还在大门拉手上横了一把墩布。

“作案”开始，小梦先把自己锁进了残疾人专用隔间，然后踩着马桶和水箱，翻到了隔板的另一侧，在由以子的指挥下，小梦踩着隔壁隔间的纸巾盒，顺利翻了过去，从里面将门锁好之后，再出发去下一个隔间。就这样，一个接一个，小梦锁完了一半的隔间门。由以子继续接棒，两个人一内一外，一个翻、一个看，不一会儿工夫就到了最后一个隔间。

“小梦，这个隔板离洗手台太远了，我出不来，只能走正面了！”

“好，那你从正面翻吧，我接着你！”小梦觉得接住从里面翻出来的由以子不过是小菜一碟，但没想到，由以子挺重的，小梦虽然抱住了她的腿，但根本承受不住她的重量，幸好由以子抓住了厕所门的上沿，自己翻了出来。

成功之后，两个人击掌庆祝，然后就开心地去了HOME。小梦正在HOME写作业，同班的一个女生突然推开门，大喊道：“青木老师找小梦！”小梦一惊，心想：入学以来，班主任从没有在放学后找过自己，难道是“厕所密室”被发现了？可“作案”的时候，青木老师正在批改作业，应该不会发现，况且青木老师并没有找由以子，这到底是怎么回事呢？

小梦小心翼翼地走进教室，青木老师面无表情地看着小梦，凸起的眼睛比生气的时候还可怕，她递给小梦一条抹布，冷冷地说道："去把女厕所复原！踩过的地方都要擦干净！"

小梦接过抹布，羞愧地低下头，试探着对青木老师说："老师，我可以借一把椅子吗？"青木老师点点头。小梦踩着椅子翻进隔间，逐一将厕所门打开，再用抹布把所有踩过的地方都擦干净，然后搬着椅子回到了教室。

"老师，我全都复原了！"

"好的！小梦，我问你，如果你现在想要大小便，到了厕所却发现所有隔间都被人故意锁住了，你会怎么想？"

"我会非常生气！非常讨厌故意锁门的人！"

"开玩笑没关系，但如果你的玩笑给别人带来的不是欢乐，而是麻烦，这样的玩笑还是不要再有了。"

"老师，我记住了！我以后不会再犯了！"

事后，青木老师没有将这件事告诉小梦的爸爸妈妈。厕所事件，成了小梦和青木老师两个人的秘密。

由以子知道小梦独自受罚之后，心里十分过意不去，特意送给了小梦一张很大、很稀有的高级贴纸，以表达歉意。自此，小梦学会了换位思考：如果自己做的事有可能会给别人带来烦恼或痛苦，自己绝不会去做。谢谢青木老师，教会了小梦什么叫作“适可而止”。

失而复得的拓麻歌子

“小梦，你这是做的什么作业！你做题的时候到底有没有动脑子！”

妈妈看着小梦的数学作业本，气得直拍桌子！

“这是什么答案，这么简单的题，幼儿园就教过了，怎么能做错呢？你一天天都想什么呢！”

听着妈妈风雨雷电般的咆哮，小梦心烦不已，小梦烦恼的倒不是被妈妈呵斥作业做得不好，而是昨天和Marin在楼下公园玩的时候，自己的拓麻歌子不见了，那可是小梦最喜欢的电子宠物玩具。

“小梦啊！妈妈没要求你一定要考第一名，但是你也不能对学习不上心啊！”

“我已经会背乘法口诀，我们班还有好多同学不会，他们还在做加减法作业呢！”

“你这孩子，做题不行，顶嘴倒挺厉害的！我看你天天就知道疯闹，老师都跟我说了，你在学校打人，还跟男生打架！小梦，你真是越来越有‘出息’了！”

妈妈越说越气，举起了手，想要打小梦，小梦突然站起身，吼起来：“不要再凶我了，你要是打我，我就打电话报警！”妈妈被小梦吓了一跳。

看到妈妈被吓住了，小梦得意地说：“老师说了，就算是爸爸妈妈也不可以打小朋友！如果被打了，小朋友应该马上报警！这个报警的号码只有小朋友知道，不告诉你们！”小梦满脸洋溢着被法律保护的安全感，妈妈看着小梦哭笑不得。

就在母女俩争执的时候，小梦家的门铃响了，爸爸打开门，发现门外站着Marin一家，小梦像看到了救星一样，朝门口跑去。

“小梦，你看这个！”Marin摊开手，手里是小梦丢了的拓麻歌子。

小梦拿起自己的拓麻歌子端详了一会儿，确认是自己丢的那个之后，一把抱住Marin，开心地呼喊：“Marin，你太伟大了！你在哪里找到的？我以为再也找不到了！”

周五放学后，Marin带着妹妹弥生和小梦一起在小梦家附近的公园玩，小梦和Marin拿着彼此的拓麻歌子坐在滑梯上交流养宠物的心得。看两个姐姐玩得开心，弥生也抢着要玩，Marin和小梦把各自的拓麻歌子给了弥生。弥生玩了一会儿就把电子宠物放进了自己的裤兜里，接下来三个人一起荡秋千、玩沙子、爬攀爬架，不亦乐乎。回家前，三个人发现，弥生的口袋里只有Marin的拓麻歌子，小梦的不知道被弥生掉到了哪里。眼看天快黑了，三个人在公园里四下找了找，也没找到，只好先回家了。一晚上，小梦都在想怎么跟妈妈说拓麻歌子丢了这件事，结果，早上就因为作业又被骂了一通，这个时候带着拓麻歌子赶来的Marin对小梦来说，就是天使。

小梦的爸爸请Marin全家进屋，妈妈也拿出了爸爸刚炒好的瓜子招待客人。说起来十分好笑，在日本，瓜子算不上常见的零食，很多日本人都不会嗑瓜子。小梦悉心地教Marin嗑瓜子，很快Marin就学会了，Marin的妈妈边学嗑瓜子，边给小梦爸爸妈妈讲全家一早去小公园找拓麻歌子的经历。

听说弥生弄丢了小梦的拓麻歌子后，Marin的爸爸妈妈很着急，天一亮就带着全家四姐妹一起去小公园帮小梦找拓麻歌子了。一家人花了三个小时，翻遍了公园所有的角落，连沙坑都被刨开了，最后Marin在树丛里找到了它。Marin的妈妈说，她的女儿特别有找东西的天分。有一次，Marin的妈妈在游乐园把婚戒弄丢了，她已经放弃了，觉得在偌大的游乐园找戒指，简直是大海捞针，没想到Marin的姐姐凭着直觉，真的帮Marin的妈妈找回了戒指。小梦觉得Marin一家太厉害了。整个周六的下午，Marin一家就这样和小梦的家人嗑着瓜子聊着天，夕阳从窗外照进来时，金色的余晖洒满了整个房间。

自行车超人

“小梦，我肚子好痛！”由以子突然捂着肚子蹲在地上起不来了。“由以子，你怎么了？”小梦被由以子吓坏了，街上一个人也没有，小梦不知该向谁求助。突然，小梦看到不远处有座电话亭，今天是周末，爸爸在家，可以给爸爸打电话！本来，在校期间，孩子是不能带钱的，但未雨绸缪的妈妈，还是给了小梦100日元备用金，这时候正好派上用场。

“爸爸！不好了！由以子肚子疼，她走不了路了！你快来救救我们！”

“你们在哪儿啊？”

“电话亭！”说完这三个字，小梦就挂断了电话。此时，小梦才发现，自己忘记告诉爸爸电话亭的具体位置了。由于没有找零，现在自己也没有机会再打电话了，小梦懊悔不已。

让小梦意想不到的是，爸爸居然火速赶来了。回家路上，坐在爸爸的自行车上，小梦觉得爸爸真厉害，简直是超人！而且，爸爸是专属于小梦的自行车超人。

爸爸平时很忙，但周末只要在家，他都会带小梦去公园、超市，或是陪她在家做手工。有一次手工比赛，所有同学的作品都如出一辙，只有小梦的爸爸别出心裁，帮小梦用木棒、餐巾纸盒、绳子和吸铁石，做了一杆秤。同学和老师都非常喜欢小梦的这个作品。

小梦最喜欢做的事就是在天气好的时候，和爸爸去自行车公园骑自行车、玩纸飞机。自行车公园有很多形态各异的自行车，每当小梦发现好玩的自行车，都会骑上去。这时，爸爸就会拦住小梦，让小梦换一辆其他的车。小梦对爸爸的行为十分不解，而爸爸却有自己的理论，爸爸认为：人生就是要一直带着好奇心，多挑战、多尝试！二年级时，小梦之所以那么喜欢户外运动，爸爸功不可没，家附近的每条林荫道上，都留下过小梦和爸爸的笑声。

世界的另外一面

“大家注意了，这是鹤田舞，小舞平时在医务室隔壁的蒲公英班，但音乐课、美术课，还有参加校内活动时，小舞都是我们二年级一班的同学，大家要互相关照，好好相处啊！”大家正在上艺术课，青木老师从教室外带进来一个女生。

穿着向日葵印花连衣裙的小舞，非常秀气可爱，白白的皮肤，黑黑的直发，让人很想亲近。青木老师看到小梦旁边有个空位子，就安排小舞和小梦坐到一起，小梦同组的同学纷纷和小舞打招呼。

“小舞，你好，我是奥水唯。”

“小舞，你会画画吗？要不要用我的画笔？”

面对大家的热情，小舞有些无动于衷，只是低着头揪着自己的衣角，轻声地自言自语。为了让小舞开心一下，小梦拿出了自己全新的彩色铅笔。小梦想着，也许拿新铅笔给小舞用，小舞会开心一些。小梦刚打开盒子，还没来得及拿出自己喜欢的颜色，小舞突然伸出手，抓起两支笔，在纸上画了起来。小舞画着画着就画出了纸的边缘，画到了桌子上，小梦尝试着阻止小舞，可还没开口，小舞就攥起铅笔，用力地在桌子上戳铅笔芯，“啪！”铅笔断了。

“啊！”小梦忍不住喊了出来，“你在干什么！”小梦对着小舞大吼。

小梦的吼声吓到了小舞，小舞把整盒彩色铅笔直接打翻到地上，小梦的新铅笔散落了一地，紧接着小舞哭了起来，一边哭一边甩手，还不小心打到了小梦的头。

这一下，委屈的小梦也哭了，一把推开小舞。

“你们在干什么？”看到两个人打了起来，青木老师马上冲了过来，大吼着分开两个人，一把抱起了小舞。虽然青木老师平时看起来就很凶，但她从来没有这么凶地吼过任何人。

看到青木老师抱着小舞离开，小梦觉得委屈极了，自己好心借新铅笔给小舞，她弄坏了别人的东西，还打人，而青木老师却在维护小舞，骂自己。小梦觉得太不公平了，大哭起来。同组的同学，纷纷安慰小梦，有的帮小梦捡铅笔，有的给小梦递手帕。剩下的课，小梦完全听不进去，满脑子想的都是自己刚刚受到的委屈。

下课后，青木老师把小梦叫到了隔壁的教室，小梦心想，不管青木老师怎么骂自己，自己也要说个明白，整件事情自己并没有错！此时的小梦，已经不是刚刚到日本，什么都害怕，什么都不敢表达的小梦了！如果受了委屈就要大声说出来，如果有人要打自己，就要用力打回去！小梦也没想到，短短一年，自己就有了这样的变化。

虽然小梦心意坚决，但走到隔壁教室看到青木老师的背影时，心里还是有些紧张，不知道自己接下来要经历什么。同时，小梦也在努力地给自己做心理建设，想着怎样才能有理有据地跟老师说清楚。

听到小梦进来，青木老师慢慢地转过了身，看到青木老师眼睛的一瞬间，小梦惊呆了，青木老师的眼眶里都是泪水，小梦完全没想到，青木老师还有这么感性的一面，这突如其来的发现，让小梦惊在原地，不知所措。

“小梦，对不起！老师一直觉得你是个好孩子，你们每个同学，在老师眼里都是一样的，都非常珍贵。但希望你能理解，小舞非常特殊，她和你们不一样。你们去年学会了加法、减法，今年学会了乘法，之后还会学会方程式，学会各种各样的字……你们每年都在不断长大，对不对？”

小梦不断地点头。

“但是小舞和你们不一样，她从3岁起，就再也不会长大了，她不会和你们一起长大！”说着，青木老师的眼眶又湿润了。

小梦瞪大了眼睛看着老师。小梦以为这个世界上不会长大的，只有彼得·潘，所以她对老师说的这番话特别费解！难道小舞也像彼得·潘一样，有特殊的能力吗？看着小梦疑惑不解的表情，青木老师继续解释道：“小梦可能还不是很清楚，小园小学的蒲公英班，是一个特殊的班级，有智力障碍和心理障碍的小朋友，平时都要在蒲公英班接受特殊的教育，上特殊的课。只有上艺术课、音乐课还有参加校内活动的时候，他们才能到适龄的班级，这对他们来说也是挑战。小舞的妈妈一直很担心，她很怕小舞不适应正常班，也很怕大家不喜欢小舞。如果她知道今天的事情，一定很难过。”

“青木老师，我明白了！”

“谢谢小梦，所以老师希望你能够像姐姐一样，向小舞道歉，并且以后永远像姐姐一样照顾小舞，好吗？”

“好的，老师！放心吧，我会照顾小舞的！”

也许是看到青木老师那么严厉坚强的人在自己面前流下眼泪，也许是听说了小舞令人心碎的故事，小梦突然间觉得自己长大了，也突然发现了世界还有另一面。小梦非常感恩爸爸妈妈给了自己一个健康的身体，也很感激青木老师能够如此平等地和自己对话，老师的这一份信任和尊重，让小梦心里生出了使命感，小梦决心在未来的日子里，一定要关心和照顾小舞。

小梦跟着青木老师走到蒲公英班，向小舞鞠躬和道歉。

“对不起，小舞，刚才我不应该对你吼，不应该推你，请原谅我！”

小舞微笑着，支支吾吾地对着小梦嘟囔，小梦伸出手，拉起小舞的手，指尖传递出一股暖流。过了几天，小梦收到了来自小舞妈妈的礼物，一盒新的彩色铅笔。

三年级的人气王

新学期开学时，小梦认真地查了座位表，自己和百代、Marin、由以子、小明、小唯都不在一个班。“我还以为新学期能在一起呢。”百代有些失落地说。小梦搂着百代说：“我们虽然不在一个班，但我们还是园田幼儿园和HOME的好朋友啊!”百代笑着点点头。

此时，小梦所在的一班里，正有一位老师在做自我介绍：“大家好，我是荒木老师！这个学期我就要和大家一起度过了……”50岁左右的荒木老师，圆圆的脸，戴着圆圆的眼镜，笑起来眼睛眯成一条线，小梦一看到荒木老师，就知道这是一位自己会喜欢的老师！能有荒木老师这样温柔、和气的老师陪伴，小梦觉得很安心、很幸运。更重要的是，荒木老师十分喜欢中国。

“你是中国人，你和我们就是不一样，中国就是没有日本好！”在社会课上一名男生突然对着小梦发难。虽然男生并没有恶意，但是这种不礼貌的语言，还是让小梦非常生气。

小梦刚要跟他理论一番，荒木老师走了过来，当着全班同学的面，非常生气地说：“你怎么可以这样讲话！”一向笑嘻嘻的荒木老师，此时表现得非常愤怒，这也吓坏了班上的其他同学。荒木老师让小梦和那位男生都站到讲台上，并要求那位男生给小梦道歉。荒木老师动情地说：“小梦的爸爸妈妈把她送来这里读书，如果他们知道在学校里有人对小梦说这样的话，该有多难过，你想过吗？”

“小梦，对不起！”男生向小梦鞠躬致歉。

荒木老师让小梦和男生回到位子上，然后认真地告诫全班同学：“每个人都会犯错，但是像今天这样的错误不可以再犯。世界上每个国家，每个民族，都有自己的文化和习俗，任何人都应该学会尊重其他国家、其他民族的文化和习俗。日本有着自己的历史，中国有比日本更悠久的历史，有很多著名的自然景观和人文景观。”

接着，荒木老师告诉全班同学，中国有比日本更灿烂的文化。荒木老师也请小梦站起来，向大家详细地介绍中国，介绍自己的家乡。

“长城，真的很长，我去过，一直走不到头；我在中国的幼儿园里就学过算盘和英语；我的幼儿园里还有一架真的战斗机；我见过熊猫，中国的动物园里有很多熊猫，非常可爱，而且看熊猫的时候不用排队……”小梦越讲越得意。

“小梦，你教我们说中文好不好？”

“小梦，中国幼儿园里的小朋友的便当里都有什么呢？”

“小梦，在中国的学校里，学生犯了错误，也会被打手板吗？”

……

一堂课下来，在荒木老师的帮助下，小梦变成了班级里的“人气王”！

阿酱的秘密

“小梦，我们今天去公园写作业吧。”

三年级开始，小梦不需要再去HOME了，由以子和小梦下课以后会一起结伴回家，有时候两个人会一起去公园玩，有时候会去其中一人的家里一起学习。和由以子住在同一条街上的阿酱，成了小梦三年级的新朋友。

阿酱本名叫河本敦子，敦子（Atuko）的首字母是A，按照日语的发音，就有了阿酱这个昵称，为了显示亲昵，由以子和小梦在读的时候，会特意在“阿”字和“酱”字间停顿0.5秒，这样带一点儿拖音，念起来特别亲切。

阿酱看似和别的小朋友一样，但其实有学习障碍。阿酱一年级时，和小梦一起学加减法；二年级，小梦开始学乘法了，阿酱还在学加减法；三年级，小梦已经开始做应用题了，阿酱还在学加减法。有时候小梦想起来，觉得小园小学的包容性真的很强，像阿酱这样的学生，虽然有学习障碍，但在学校里依然有很多朋友。也许是阿酱的外形和性格很讨喜，羊毛卷长发，圆圆的大眼睛，柔柔弱弱的像一只小兔子，很容易唤起别人的保护欲。总之，小梦很喜欢阿酱这个爱笑的新朋友，小梦、阿酱、由以子自然而然地组成了放学三人组。

“阿酱，今天的作业有什么问题吗？如果需要帮助就告诉我！”虽然阿酱所有的课程都和大家一起上，但有时老师会给阿酱单独留一份作业，而辅导阿酱写作业，就成了小梦放学后最喜欢做的事情，因为只要阿酱写完了作业，三个人就可以在公园里疯玩了。自从住在一楼的黄毛一家搬走之后，阿酱和由以子就成了小梦日常最亲近的同学和玩伴。

“小梦，我有个秘密要告诉你。”小梦和往常一样，去阿酱家一起写作业，两个人边吃零食边聊天。

“我小时候其实不住在这里，是后来搬来的。搬来这里是因为我之前住的地方着火了，我醒来的时候屋子里都是烟，幸好爸爸抱着我，跑了出来。我们刚刚站到街上，房子就塌了，然后火越烧越大，眼看着家具、电器、衣服、玩具都在火里烧没了，那天那场大火还上了新闻。妈妈说来到新的地方，不要告诉别人这件事，但我觉得小梦是我的好朋友，所以我想告诉小梦。”

小梦虽然没有经历过火灾，但是也在电视里看过关于火灾的新闻，看着眼前对自己如此信任的阿酱，小梦心想：如果这件事发生在自己身上，自己一定已经崩溃了，阿酱真勇敢、真坚强啊。小梦虽然没有拥抱阿酱，或是说什么安慰她的话，但小梦心里暗想：找机会一定要把自己的玩具送一个给阿酱。离开阿酱家的时候，小梦轻轻地在阿酱耳边说：“阿酱，谢谢你告诉我你的秘密！我们永远都是好朋友！”

吹奶盖

“我的姓氏已经从‘奥水唯’变成‘三原唯’了！”小唯边喝牛奶边和大家聊天。“你妈妈和男朋友结婚啦？”由以子问道。“对啊，我觉得‘奥水’比‘三原’读起来更好听。”

在小园小学，每学期开学时，都会有学生换名字，在这背后，其实是他们父母婚姻关系的变化，当父母离婚、再婚时，孩子的姓氏就会发生变化。在小梦记忆里，确实有一些同学换过姓氏。父母离婚或者再婚并不是什么禁忌话题。

“小梦，我们要开始玩吹奶盖了，你们来不来？”就在三个人嘻嘻哈哈的时候，教室里已经开始了一场激烈的吹奶盖游戏。作为吹奶盖狂热分子，小梦拉着小唯和由以子迅速加入比赛。

吹奶盖是一种课间小游戏。喝完牛奶后，大家就把堵在瓶口的奶盖收集起来。吹奶盖，就是用气把纸盖吹翻过来。游戏规则很简单：游戏双方先确定本轮游戏需要使用的奶盖数量，然后各自拿出约定数量的奶盖，平放在桌上，带字的一面朝上；接下来猜拳定顺序，赢的人先吹，双手不能触碰奶盖，且只能吹一次；奶盖被吹翻过来了，吹气的人就可以将它拿走，直到桌上的奶盖都翻过来，被拿光，游戏就结束了。

学校发的牛奶奶盖都是蓝色的，棕色奶盖和绿色奶盖都是稀有的奶盖，尤其是棕色的，是咖啡牛奶才有的奶盖，所以在规则里，一枚棕色奶盖相当于五枚蓝色奶盖。

“小梦，你要来玩吗？”已经连胜了好几场的男生，得意地问小梦。

“好啊！玩几个？”小梦也不甘示弱地问男生。

男生拿出一枚蓝色和一枚棕色的奶盖。“棕色！棕色的奶盖！”围观的同学都尖叫了起来。

看到男生拿出棕色的奶盖，小梦也有些吃惊，听到大家说棕色，几个在走廊的同学都跑进来观战。

由以子和小唯，一脸不屑地对男生说道：“就这个，还有吗？小梦把你的拿出来，给他看看！”胸有成竹的小梦，从自己的布袋里取出保鲜袋，满满一袋子都是奶盖，各种颜色的都有。

“你还要再加吗？可以都用棕色的！”小梦的豪气吓坏了男生。

“再加！再加！加棕色的！”围观的男生们开始起哄。男生咬着牙，从兜里又拿出了3个棕色的奶盖，用力地甩在桌面上，大喊着：“来啊！”

“石头！剪刀！布！”小梦和男生两个人同时出了布。

“再来！”小唯高喊！

“石头！剪刀！布！”小梦再一次出了布，干净利落地赢了猜拳。

“小梦赢了！”由以子高喊，男生们集体发出了“哎呀”的叹息声。

小梦拉了拉衣服，分开双腿，以扎马步的姿势蹲下，视线与奶盖齐平，仔细地观察奶盖的摆放位置。教室里所有人都屏住了呼吸。小梦深吸了一口气，努力地噘住嘴唇，歪过头，一口气吹了出去。只见桌子上的棕色奶盖像被施了魔法一样，一片片轻轻地翻了过来。

“五个，六个，七个！八个！小梦你太厉害了！”小梦一口气把所有的奶盖全吹翻了面。对面的男生和围观的同学都傻眼了。

小唯、由以子和周围的女生，喊成了一片：“小梦——小梦——”

回家后，小梦坐在自己的押入里，开始数起了奶盖：“521，522，523！哇！我有523个了！”小梦好开心，这种找到一个目标，再努力实现目标的感觉真是太棒了！

双胞胎大冒险

“妈妈，对不起，我把阳台门撞坏了，我知道错了，以后一定多加注意，实在抱歉。”在由以子家，听由以子和妈妈打电话，小梦奇怪地问道：“你跟你妈妈说话这么客气？给亲妈道歉还要用敬语吗？”由以子说道：“对啊，我不好好道歉一定会被骂死！”

“那你应该告诉你妈妈，是我弄坏的！”小梦说道。“不用啊，你不就是我吗？我们是‘双胞胎’！”由以子开心地回答小梦。“那我们当一天双胞胎吧！”小梦向由以子提议，两个人一拍即合，拿起书包骑上车，直奔家附近的大型家居商城，开始了“表演”。

“妈妈让我们来挑选新的上下铺！”

“我们是双胞胎，当然要睡上下铺！”

“那我们躺躺看！”躺在下铺的小梦，用脚踢了踢上铺的“亲妹妹”。“由以子睡了吗？半夜了我们要去找零食啦！”

“表演”完后，两个人开心地走出了商场，由以子突然对小梦说：“小梦，我带你去看我爸爸吧，我想让我爸爸看看我的双胞胎姐姐。”由以子的爸爸妈妈离婚了，现在和由以子一起生活的是她的继父，而她亲生父亲住在旁边的城市。

“你认识路吗？我们可以骑车去吗？”小梦兴奋地问由以子。“没问题，我经常去！等等，我想一下，我们是应该往左边还是右边……”

“拜托！由以子！你不要吓我，你到底认识不认识路啊！”小梦焦虑地问道。

……

“到了！”由以子在一栋高高的公寓楼前停了下来，两个人放好自行车就往楼上走去。小梦跟着由以子走到一个米色的大门前，由以子按响了门铃。

“爸爸！奶奶！”由以子的爸爸听到门铃过来开门，看到由以子和小梦，又惊喜又意外，急忙拉着两个人进屋。由以子的奶奶看到小梦和由以子来了，赶忙打开空调，并从冰箱里拿出了养乐多和羊羹点心。

在家里坐了一会儿之后，奶奶和爸爸就带着两个人下楼了，由以子的爸爸陪着由以子玩轮滑车，两个人笑个不停。看到这个画面，小梦心想：我每天都能看到爸爸，和爸爸一起玩各种游戏真是太幸运了。爸爸妈妈，拜托了！请让我们全家一直这样幸福下去！

被放生的独角仙

“小梦，怎么这么晚才回家？”妈妈边炒菜，边有些不悦地问小梦。

“我和由以子去电器店看独角仙了。”小梦一边换鞋一边回答。

“又去看独角仙了？我怎么觉得你每天都在看独角仙啊！”

“妈妈，我跟你说，独角仙宝宝真的太可爱了！白色的，这么大，在土里面一扭一扭的！一只只要30日元（约2元人民币）！”小梦只换了一只鞋，就忙不迭地跟妈妈比画，眉飞色舞地介绍独角仙。

“你先把鞋换了，进来再说！”

看到妈妈对独角仙感兴趣，小梦瞬间打开了话匣子。

“妈妈，你知道过两个马路的那个电器店吧，就是那个卖灯泡、电暖炉、电池的小电器店，他们在卖独角仙宝宝。”

“啊，开始卖动物了？他们前两天不是在卖工艺品和二手自行车吗？”

“对，他们不卖工艺品和二手自行车了，现在只卖独角仙宝宝。妈妈，那个独角仙宝宝特别便宜，而且养起来也特别简单。”

“打住！不用再说了！你先把你的这两只仓鼠养好吧！之前闹着要养仓鼠，喂食、打扫、换木屑，你做过吗？”

小梦被妈妈怼得无言以对，因为妈妈说的每句话都是事实。

“妈妈，仓鼠我会好好照顾的，但是我求求你，能不能再给我买一只独角仙啊！”

“不行！”

“我会好好照顾的，我保证每天下学早早就回家，回家以后就照顾仓鼠和独角仙还不行吗？我会按时给它们喂食、打扫、整理，我都会自己做。”

接下来的一个星期，小梦每天都在和妈妈一遍遍地进行上面的对话。

也许是被小梦磨得不行，也许是小梦说的话打动了妈妈，也许是妈妈不想小梦天天在电器店流连，一番“狂轰滥炸”之后，小梦终于成功了，妈妈同意让小梦养独角仙了！

周末，妈妈先带小梦去家居商城买了养独角仙的大塑料盒，又配齐了养独角仙需要的营养土、营养液和果冻，所有的物料算下来，比独角仙贵几十倍！

终于可以去电器店，接属于小梦的独角仙宝宝了！

电器店老板用手拨开土，帮小梦选了一只又肥又大的独角仙幼虫，小梦按照老板说的，把独角仙宝宝埋到了土下10厘米左右的位置，还没等小梦看清楚，独角仙宝宝就藏起来了。

回到家，小梦从土里挖出独角仙宝宝，放在手里仔细观察，原来独角仙宝宝不是纯白色的，而是米白色的，而且屁股的一段是深黑色的。肉乎乎的独角仙宝宝，满身都是褶皱，在小梦的手心里一节一节地蠕动，真是很难想象，这么软的独角仙宝宝，以后能变成外壳坚硬帅气的独角仙！

接下来的一个月，小梦按照和妈妈的约定，每天给营养土喷水，因为幼虫总是躲在土里吸收营养，小梦一度觉得自己不是在喂独角仙，而是在种独角仙。突然有一天，小梦和妈妈发现软软的幼虫已经变成蛹，这就意味着再过一个月，小梦就要拥有一只帅气的成年独角仙了！过了一阵子，独角仙终于可以吃果冻了！每天小梦回家第一件事就是给独角仙喂果冻！

突然有一天，妈妈很认真地和小梦谈话，妈妈说独角仙现在已经长大了，继续住在这个小盒子里，太不自由了，应该让独角仙回到大自然中去。小梦虽然有些不情愿，但也觉得妈妈说得有道理，就和妈妈一起去花园放生了独角仙。小梦把独角仙放到家门口的树上，依依不舍地和独角仙告别，之后每天回家，小梦都会在树下站一会儿，希望能够遇到自己的独角仙。可惜的是，一次都没遇到，小梦心想：也许独角仙找到了新朋友，搬去别的树了，希望它和新朋友一起玩得开心。

过了很久，有一次爸爸带小梦去公园玩，看到了一只独角仙，两个人说起之前养的独角仙，爸爸告诉了小梦一个秘密：妈妈当时坚持要放生独角仙，和环保其实没有什么关系，真正的原因是，有一次妈妈清理塑料盒的时候，独角仙的屁股刚好朝上，妈妈被独角仙尿了一脸。

夏日祭

“小梦，不要把钱弄丢！不要乱买东西！”妈妈再三叮嘱小梦。

“知道了，妈妈！”

小梦攥着妈妈给的500日元，开心地下楼去找由以子和小唯，相约一起参加学校的夏日祭。

夏日祭是夏天最好玩的活动，小梦常参加的是校内的夏日祭和社区内的夏日祭。校内的夏日祭都是在体育馆举行，由学校和值班家长组织。体育馆里有无数个小摊位，学生们可以拿着自己的零用钱，体验各种有趣的活动：捞金鱼、套圈、做章鱼烧等，就和电视里演的一样。

小梦牢记妈妈的话，不要乱买东西，所以在逛第一圈的时候，小梦控制住了自己，没有“冲动消费”。小梦好好地盘算了一下，怎么花这500日元才最合理。

“小梦，你要买苹果糖吗？”刚刚买了糖果的小唯问小梦。

“我不要！我要去买大阪炒面！”

“我们去捞金鱼吧！”由以子怂恿小梦。

“不，我想去捞气球！”

不论由以子和小唯怎么劝说自己，小梦都没有动摇。最终小梦在吃饱玩好之后，还花了200日元体验了一下扎染布。作为人生第一次扎染体验，小梦对自己的作品十分满意。回家后，小梦把自己做的扎染毛巾作为礼物，送给了妈妈，妈妈十分开心！

参加完校内的夏日祭，由以子又来找小梦和小唯去参加社区内的夏日祭活动。小梦带了很多在HOME时做的手工作品去摆摊儿，跟着由以子，小梦成功地学到了讨价还价。

“大叔，这个太贵了！我们还是学生，可不可以再便宜点！”

“不行！这个价钱已经很便宜了！”

“大叔，我真的很喜欢这个，我想买下来送给我的好朋友！你帮帮我吧！”

“再给你便宜5日元！”

“5日元不够啊！大叔便宜20日元吧！”

“哎呀！10日元！10日元！再便宜10日元！不要再说了！赔死了！拿去吧！”

就这样，由以子用80日元买到一整套字母印章！

轮到HOME的学生自己卖货的时候，大家都会卖力地推荐商品，除了大家从各自家里带来的旧物以外，用塑料瓶做的彩色杯垫是最抢手的。小梦记得HOME小组赚得最多的一次，共有两万日元，大家拿出一万日元捐给了残障人士福利机构，剩下的一万日元，为HOME添置了新的篮球等玩具和过节的零食。

夏日祭晚上的活动是最吸引人的。小唯的家住在河坝旁，那里是看花火大会最佳的地点，每次小梦都会和由以子一起去小唯家看烟花，三个人坐在小唯家的屋顶上，看着绚烂的烟花，惊喜地欢叫，那是属于小梦最美好的夏日记忆！

操场一圈老师

“哇！一班的人又被罚跑了！真可怜！”上课时，同桌偷偷在小梦耳边说。

四年级一班的班主任菅沼老师，看起来有点儿像青木老师，一头短短的卷发，喷着亮晶晶的发胶，身材虽然不高，但气场十分强大，不怒而威。虽然菅沼老师不是小梦的班主任，但在小梦班里，提到菅沼老师，没有人不紧张，因为她太喜欢罚学生跑步了，因此，菅沼老师还有个在全年级有名的外号——“操场一圈老师”！

菅沼老师之所以被称为“操场一圈老师”，主要是因为班级里的学生不管犯了什么错误，她都会惩罚他们到操场上跑一圈：迟到，罚跑一圈；忘带作业，罚跑一圈；上课说话，罚跑一圈；欺负女同学，罚跑一圈。如果情节特别严重，一圈可能被升级成三圈或者五圈。总之，一班的学生，不在教室里，就在操场上。全年级的同学都在说，今年的长跑比赛不要参加了，肯定冠军都在一班。

对于四年级的分班，小梦十分满意，虽然还是没能和所有的好朋友们分到一起，但至少在成功躲开菅沼老师的同时，小梦幸运地和小明分到了一个班！是啊，小明！小梦一直喜欢的那个小明！这个分班结果一出来，小唯和由以子就炸了锅，小唯坚持说，是自己在寺庙帮小梦许的愿成真了，闹着让小梦请她喝汽水！

吃过午饭，小梦去还餐具，看到小明和几个男生在玩抛面包。

“3——2——1 ！”小明把面包撕下来，团成小球，抛向天空，仰起脖子张开嘴，试着用嘴巴去接，结果失败了，面包球掉在了地上。

“你扔得太低了，肯定不行！看我的！”小梦也加入了挑战，虽然小梦扔得很高，但也许是因为眼前的人是小明，紧张的小梦也失败了。

“换一个，换一个，我们扔橘子吧！”一起玩的男生，拿出一个橘子，朝着天空扔上去，厉害的男生，不仅接住了橘子，还一口把整个橘子吃了进去。但让人没想到的是，橘子汁一下子从男生的鼻孔中流了出来，所有人狂笑不已。

“你们在干什么！”突如其来的吼声，让小梦后背发紧，手里的面包都掉在了地上。扔橘子的男生收起笑容，战战兢兢地说了句：“菅沼老师好！”听到菅沼老师四个字，玩游戏的所有人一瞬间都面如死灰。

“你们都跟我过来！所有刚刚参与扔食物的人，都给我到办公室来！”

高年级的班主任老师们有自己的专用办公室，不需要再在教室里办公，小梦一直很好奇老师们的办公室长什么样子，但小梦万万没想到，自己第一次去办公室，竟然是以这样的方式，是被其他班的老师叫到了办公室！特别是叫自己的还是菅沼老师！

“每人十圈！去吧！”菅沼老师的处罚简单而直接。

换好鞋子，小梦和其他被处罚的学生一起跑了起来，小梦做梦也没想到，“操场一圈”竟然也会轮到自己头上，而且是最高级别的十圈。看到小梦在操场跑步，朋友们纷纷跑来询问情况。

“小梦，你怎么大中午的锻炼？”

“小梦，你和小明一样，也是被菅沼老师处罚的吗？”

“小梦，你跑了几圈了？”

就这么一圈一圈地跟大家聊着天，小梦一会儿就跑完了，为了显示自己已经竭尽全力了，回到办公室的时候，小梦特意在菅沼老师面前，擦了擦汗。然而，惩罚还没结束，菅沼老师要求第二天每人要交一篇500字的检查，然后一个个去找菅沼老师面谈，小梦晚上花了整整两小时才写好检查。

第二天，找老师面谈的时候，菅沼老师拉了把椅子让小梦坐到自己身边，然后语重心长地问小梦：“你知道老师为什么要罚你们跑十圈吗？你们是不是有很多面包接不到，都掉在地上了？”

“老师，我接得挺准的！嘴没接住的，手也都接住了！”小梦壮着胆替自己辩解。

“是吗？那下次运动会你要好好发挥这个特长，好好参加投球比赛！”老师的脸上露出了一丝微笑，老师看着小梦的眼睛，非常认真地说：“这个世界上，还有很多地方的小孩子，吃不饱饭，甚至没有饭吃，所以任何时候我们都不应该浪费粮食！而且你们有没有想过，你们这样扔面包其实十分危险，如果面包进入气管，你们是有生命危险的！”听了菅沼老师的这番话，小梦终于明白老师为什么那么生气了，老师是在为他们担心。

接下来的谈话，非常轻松愉悦，菅沼老师和小梦聊起了中国，也聊起了四年级三班的趣事。

临走的时候，小梦终于问出了自己最想问的问题。

“老师，为什么不管学生犯了什么错误，您都要罚他们去操场跑一圈呢？”

“跑跑步，看看风景，清醒下头脑不是很好吗？”菅沼老师笑着回答。

“老师，您知道大家都叫您什么吗？”小梦果然是和老师聊开了，什么都敢说。

“操场一圈老师啊！”说完之后，菅沼老师和小梦都笑了！

情窦初开的少女

“校长早上好！老师早上好！”小梦元气满满地开启一天的校园生活。

“小梦，给你《Ribbon》的二月刊！”小唯在走廊笑着把漫画书递给小梦。

“你已经买了二月刊吗？”小梦开心地接过小唯递来的杂志，迫不及待地翻看起来，这一期的内容是情人节。

从四年级开始，购买少女漫画月刊，是每月初小梦最期待的事。出刊当天，小梦就会缠着妈妈去书店或者杂货铺买杂志，买到杂志的第一时间，小梦就会趴在地上废寝忘食地翻看，每个故事都会看几十遍，直到把书翻烂为止。《Ribbon》《CIAO》是小梦最喜欢的漫画月刊，这些杂志里连载着10多位漫画老师的少女漫画作品，漫画的主人公大都是12～15岁的少女，漫画里那些每月更新的甜宠故事和暗恋故事，也成了女孩们向往的事情。除此以外，杂志里一些成长专栏的读者投稿，也常常是校园女生们讨论的焦点话题。在校园里，常常可以见到情窦初开的少女们，三五成群，在各个隐秘的角落，讨论“恋话”，好像只有告知彼此的暗恋对象，才能成为真正的好朋友。四年级的时候，小梦就曾经和小唯在小梦家的楼梯上，悄悄地交流“恋话”。

“小梦，我最近好像有喜欢的人了。”

“真的假的？谁啊，谁啊！”

对于小唯即将说出的大秘密，小梦兴奋极了。

“亮！”

“哎……”小梦提高了分贝，故作夸张地站起来。

“你说我的竞争对手应该有很多吧，你说我要不要放弃啊？”

“不要！我觉得亮对你态度很好，说不定也喜欢你呢？而且小唯这么可爱！”

小唯喜欢的亮，是校草一般的存在，也是小梦一年级时的班花小瞳的表哥。亮足球踢得非常好，对女生也很绅士、很温柔，绝对是班上的人气王！

“小梦，你喜欢的人变了吗？”

“还是老样子，我的初恋！”

“你这个哪叫初恋，你那个是最初的暗恋！你都没有跟小明表白过。”

虽然从幼儿园到现在，小梦觉得和小明已经处成了好哥们，经常打打闹闹，但在看了少女漫画之后，小梦越发觉得自己对小明的感情，是带有爱情成分的，因为自己的眼睛总是会不自觉地追随小明的身影。

在小唯的提议下，两个人决定干一件大事——制作情人节手工巧克力！

说干就干，小梦和小唯两个人，拿出本子开始精心策划：买什么材料，怎么做巧克力，买什么样的包装纸和卡片，怎么把巧克力带到学校并顺利送出去。

情人节的前一天，小梦和小唯跑到家附近的百元店，买了做手工巧克力需要的所有材料，回到小梦家就按照漫画书上学来的方法，认真地做了起来。这些看起来简单的步骤就是典型的“一看就会，一做就废”。两个人捣鼓了半天，又是倒模又是定型，弄得满地都是巧克力。

“你说这个做出来会好看吗？”

“一定会的，明天我们要一起送出去啊！”

两个人还在给彼此加油打气！虽然最终做出来的巧克力在小梦看来并不完美，但小梦觉得自己已经尽力了。

第二天，小梦和小唯，如约把巧克力带到了学校，体育课后，两个人按照约定好的，分别把自己做的巧克力，偷偷地放进小明和亮的书桌里。然后紧张地回到自己的座位上，等着他们发现。

亮先发现了巧克力，看了一眼纸条，对小唯说：“谢谢你，我很开心！”

小唯看向小梦，小梦伸出两个大拇指，对着小唯比赞。

这样一来，小梦更紧张了！不知道小明什么时候会发现，也不知道小明发现了以后会有什么样的反应。

悲剧发生了，在小明发现巧克力之前，小明后座的男生先发现了巧克力。

“这是什么？哇！“巧克力情书”！是小梦给小明的“巧克力情书”！”

突然，下体育课回班的同学们都围了上来，大家对着小明起哄。

“哦……哦……”

“Love...Love...”

“小明你也喜欢小梦吧！”

围观的人有吹口哨捧场的、有嘲讽的，大家闹成一团。

小梦恨不得找个地洞钻进去，急忙拉着小唯躲进了女厕所，等两个人再回到教室时发现，在大家的嘲讽中，小明竟然哭了！连班主任也过来安抚小明。

这下事情可闹大了！

一片混乱中，小梦只记得听到小明说：“我怎么可能喜欢小梦这种人！她做的巧克力吃了一定会食物中毒的，我要扔掉！”

3月14日，白色情人节，通常在情人节收到巧克力的男生，会给女生回礼。

小唯收到了亮送的棉花糖。

而小梦，则收到了小明的“无限无视”。

对情窦初开的小梦来说，人生的第一个白色情人节就是100%的苦巧克力的味道，满满的都是苦涩的回忆。

校园欺凌

“无论何时，时光总会流逝，它奔驰而去，留下的只有温柔，不会被遗忘，让人们将其抱在怀里前行；在风中能听到的，微弱的呐喊，是某人对你，真正的感情。想传递给即将踏上旅程的你，要超越困惑和悲伤。透过树叶淋洒下的阳光与天空交织在一起，会成为彩虹的碎片。Tomorrow，明天，会将美妙的梦和音乐带给你……”

音乐课上，听着《Tomorrow》，小梦被歌词深深地打动了，想着自己这段时间的经历，看着窗外被秋风吹散的落叶，小梦觉得心碎了，“不知道，数年后的自己会不会过得非常开心，可以对自己现在的遭遇释然……”

随着歌声结束，小梦再也忍不住了，眼泪夺眶而出。

四年级第二学期，天气已经冷下来了，小梦的心也凉了。不知从何时开始，每个班都出现了一个“全民公敌”。这个倒霉蛋会被全班同学孤立，被欺凌、侮辱。也许这是大家团结的另一种方式，也许这是捣蛋鬼们在释放他们充沛的精力。每天捉弄、欺凌这个倒霉蛋，成了全班同学最主要的“游戏”。

小梦的班上，有一位有学习障碍的学生，名叫阿酱，她就是四年级三班的倒霉蛋。阿酱的课本和课桌上，每天都会被人写满“笨蛋”字样；阿酱的鞋、运动服、文具总是被人藏起来，即使老师让大家去找，最后还是不了了之。直到放学后，阿酱才能在厕所、屋顶、废水沟这样的地方，找到自己的东西。分组活动的时候，没有人愿意同阿酱一组，一整天都没有人和她说话。

甚至有人在班级里发起了传递“笨蛋细菌”的游戏，如果有人不小心碰到了阿酱，就会夸张地做出擦拭自己和阿酱身体接触的部位的动作，然后大喊大叫道：“我碰到笨蛋了，我被笨蛋细菌传染了！”然后这个人就会追着其他人拍，他周围的人会一起大声起哄："快躲开，不要把笨蛋细菌传给我！"

对于所看到的这一切，小梦心里十分着急。小梦想帮助阿酱，又不知道该怎么做。小梦很怕帮助了阿酱之后，自己也会变成班里的倒霉蛋，被全班人孤立。所以，当阿酱向小梦投来救助的目光时，小梦也只是下意识地回避，不敢直视阿酱的目光。当有人对小梦说："阿酱好恶心，你闻到她身上的味道了吗？"小梦也只能违心地回应道："是啊——"

小梦在班里从不参加"笨蛋细菌"的传递游戏，也不参与阿酱的话题讨论。小梦明知这一切对阿酱不公平，但却没有勇气站出来批评、阻止大家，这让小梦从心里讨厌自己，特别是讨厌自己的软弱。

回家路上，小梦遇到了阿酱，主动向阿酱道歉："对不起，阿酱！我应该帮你！"

"没关系，小梦！你不用管我的！"

每天放学后，小梦还是会和阿酱一起走回家，两个人偶尔还会一起去公园玩。冬天的寒风，因为有了彼此相依，变得稍稍温和了一些。

第三学期开学后，小梦和往常一样，对着大家说

“早安”，但全班却没有一个人回应自己。小梦在位子上坐好之后，发现黑板上写满了“小梦是叛徒”“小梦是猪鼻子”“小梦是丑八怪”“小梦是自以为是的傻子”这些恶毒的文字，让小梦感到震惊。小梦拉开自己的书桌，发现里面一片狼藉，书本有的被撕碎了，有的被画满了涂鸦。

从这一天开始，阿酱只是被大家无视，却不再被欺负，小梦成了四年级三班的新倒霉蛋，全班同学把这种欺凌行为都转移到了小梦身上：有人把做木雕时剩下的木屑倒在小梦头上；试卷发下来的时候，分数已经被撕掉；上课时体操服、运动鞋永远不知所踪；放学后，小梦要去垃圾桶或者污水沟里翻找属于自己的文具和课本。

最为令人发指的是：冬季里的一天，小梦正在上厕所，却被人泼了一盆冰水，回到座位后，椅子上还被人粘满了橡皮泥，粘了小梦一身，擦也擦不掉，回家路上，引得路人纷纷侧目。晚上，老师给妈妈打电话，要赔偿小梦一件衣服，直到这时，妈妈才隐约感觉到小梦可能在学校里遇到了一些事情。

这年的3月，随着“非典”疫情的爆发，班级里针对小梦的霸凌愈演愈烈。之前针对阿酱的“笨蛋细菌”游戏，变成了针对小梦的“SARS病毒”游戏。大家都说小梦身上有SARS病毒，有人故意碰一下小梦，大喊道：“我碰到SARS病毒了”紧接着就在班里追着其他同学跑。不管小梦走到哪里，大家都喊“病毒来了”，然后躲得远远的。

小梦偶尔和美嘉对视时，美嘉也只是下意识地躲避，就像小梦当时躲避阿酱一样。那段时间，小梦什么也不想做，只想离开学校。即使这样，小梦在家里也从未哭过，因为她怕爸爸妈妈担心。

这个情况直到五年级再次分班的时候，才彻底好转。

五年级开学时，有同学告诉小梦，老师曾经叫小梦的妈妈来过学校，老师一边向小梦的妈妈解释情况，一边道歉，小梦的妈妈在老师的办公室里流泪了。但妈妈也和小梦一样，回到家里，就当什么事也没发生过，在小梦的面前一滴眼泪也没掉过！

校园演奏队

五年级如约在缤纷的樱花雨里到来了。回想那一年，和小唯还有由以子一起在河坝樱花树下玩耍的情景，小梦觉得恍如隔世。一夕间，小梦觉得自己长大了。

“大家好，我叫酒井夏希，夏天的夏，希望的希，我是8月出生的，所以取了这个名字。我长得像面包超人，所以外号就是面包超人！请大家多多指教！”微胖的夏希，有着红红的脸蛋，笑起来的样子确实很像面包超人！五年级开学自我介绍的时候，小梦一下子就喜欢上了这个女生。

“大家好！我叫真奈美！我来自学校对面的儿童之家，我是刚刚转学来的，请大家多多关照。”留着一头蓬蓬爆炸鬈发的真奈美个子很高，比小梦高出半头，比夏希高出差不多一头，说起话来，帅气自信，像初中生一样成熟稳重，小梦从见到真奈美的第一面起，就觉得自己会和真奈美成为好朋友。真奈美对女生很温柔，但如果看到有男生欺负女生，真奈美就会毫不犹豫地出手教训那些坏小子。

自从和夏希以及真奈美成为好朋友后，小梦一直很开心，三个同样喜欢音乐的人，相约一起申请加入了学校的乐队：小梦加入了萨克斯组，夏希在小号组，真奈美在鼓队，一起在乐队排练的日子，是最开心的!

在进入乐队前，小梦从来没有吹过萨克斯，一开始总是弄坏哨片，为此还挨了老师不少骂："小梦啊！这个200日元一片，很贵的！拜托请小心一点！"后来在HOME的朋友，年长一级的好友小杏的指导下，小梦才慢慢掌握了要领。

"小杏，我刚刚那么吹可以吗？是不是都吹对了？"

"是！但是请记得叫我前辈。"小梦没想到，以前一向很好说话的小杏，怎么到了六年级突然变得这么严肃，也许人长大了，就会这样吧。

但不管怎么样，还是要感谢小杏，因为有了小杏

的建议和提点，小梦吹得越来越好。自从加入乐队以来，小梦每天早上都会提前一个小时到校练习，放学后也是练到5点等教室关门时才会离开。

清晨的音乐教室，混杂着各种乐器的响声：鼓声、号声、笛子声……混成一片，也许很多人觉得这是噪声，但是在小梦心里，这是一种让人备感安全的声音，一种集体的声音，一种大家一起向着一个方向努力的声音。每天早上小梦起床的动力，就是尽快去学校听这些“噪声”。

乐队的乐器都属于学校，如果周末想要在家练习，就需要向老师提出申请。小梦负责演奏的是乐队的“配角”次中音萨克斯，吹起来听不出完整的曲调。有小梦半个身高的萨克斯特别重，每周五小梦带萨克斯回家的时候，都需要用小推车小心翼翼地拉着，有时候要一个小时才能走回家，即使这样小梦也没有放弃。每周末，练习之后，小梦都要演奏给爸爸妈妈听。为了能在每周一全校朝礼上，以及运动会和校级大型活动开幕式上，献上完美的表演，小梦一直不懈努力着！

每次演奏完和大家一起鞠躬，是小梦最欢喜的时刻！

儿童之家

“小梦、夏希，等下要过来玩啊！”真奈美热情地招呼小梦和夏希。

“好的，好的，我把书包放回家就过来！”小梦边往家跑，边对真奈美承诺。

按照学校的规定，学生课后如果要出去玩，必须先把书包送回家，真奈美的家就在学校马路对面，紧挨着小梦的幼儿园——园田幼儿园，但是小梦也不得不先跑回家把书包放下再折返回来，小梦感觉自己就是在上体育课，一路跑得上气不接下气。

真奈美居住的地方，是被称为“儿童之家”的福利院，小园小学有很多学生都来自这里。这里的孩子大多数都没有家长，或是家长没有监护能力，需要儿童之家的工作人员帮忙照顾。小梦很早就听说过儿童之家，但是从来没有去过。儿童之家的小朋友睡的是上下铺，根据年龄的不同，会有不同的零花钱，像真奈美这样的五年级学生，每个月有800日元的零花钱，节日的时候，还有很多有趣的活动，好玩的礼物，这些对小梦来说充满了吸引力。当真奈美邀请小梦和夏希去儿童之家做客的时候，小梦兴奋极了！

儿童之家的入口，有些像牙科诊所，每个进入的人都需要先登记信息。小学生住的是四人间，房间里有两组上下铺。床的旁边是书桌，每个人都有自己的独立书桌。第一次看到宿舍的小梦，觉得这里比自己想象得要宽敞多了，而且有这么多小伙伴一起看电视、打游戏、唱卡拉OK，真是太幸福了！最让小梦兴奋的是，就和真奈美说的一样，儿童之家的游戏室里，所有市面上能叫出名字的游戏机，这里全都有！三个人兴奋地打开连麦的唱歌游戏，开启KTV模式！不知疲倦地把“早安少女”的歌，全唱了一遍，蹦着、跳着，出了一身的汗。

唱完歌，小梦和夏希仗义地帮“值日”的真奈美一起打扫卫生，三个人一起说说笑笑地拖地、扫地。

临走的时候，夏希和小梦跟真奈美依依不舍地道别："真奈美，这里太好了！要是我们都住在这里，每天一起玩该多好啊！"

"对啊，要是寒暑假可以来住就太好了！"小梦也跟着说。

"才不呢，如果可以选的话我想回外婆家。"说这句话的时候，小梦第一次看到要强又潇洒的真奈美眼里闪过了一丝伤感。

小梦和夏希突然觉得，刚刚自己好像说错了话，触动了真奈美的伤心处。

夏希连忙说："下周！下周三放学早，来我家玩吧，我让我妈准备下午茶！"

"好啊！然后下周五来我家吧，我们一起去打球！"小梦也急忙说。

"嗯！"真奈美脸上又露出了笑容。

小梦终于放心了。

鬼怪森林！

“还有多少天才到自然学校日啊？”

进入五月后，五年级的学生们就开始期待了，毕竟这是小学六年，除了毕业旅行之外，最长的集体度假！也是整个五年级最让人期待的活动。大家终于等到了制作小册子的时刻，这就意味着，自然学校日马上就要开始了。

“小梦，你在哪个宿舍？”夏希问小梦。

“我还不知道，我正在看我们每天的行程，真奈美，你在看什么？”

“我在整理往返大巴上准备播放的曲目和歌词，这个是谁弄的，怎么选这个破歌，奇怪死了，我要去跟他们说说。”

这就是风风火火的真奈美，看到什么问题，就会立刻指出来。

终于到了出发日，每个人都背着5天4晚所需的生活用品，坐上了大巴车！路上，司机大叔按照小册子的歌单，给大家放起了音乐：《神奇宝贝》新主题曲，SMAP的《世界上唯一的花》，中岛美雪的《地上之星》，KinKi Kids的《玻璃少年》，一青窈的《陪哭》，还有当年火爆全日本的“慎吾妈妈”，每一首歌都是当年的流行音乐，看着小册子上的歌词，大家一起开心地跟唱。车上还有两个麦克风，遇到自己想唱的歌，还可以走到车头拿起话筒当领唱。

自然学校的森林宿舍简直就是天堂，每个房间有4～5组上下铺，是标准的宿舍配置，但其实不管宿舍怎么样，对终于离开父母可以和好朋友一起外宿的小梦来说，第一个晚上是不可能睡觉的。

山间的五月，有些微凉，天色刚刚暗下来，大家就开始准备出发参加夜间挑战了。所谓的夜间挑战，就是每个班分为四组，每隔五分钟出发一组，分别在夜色里前往三个不同的目的地，找寻老师们预先挂在树上的彩绳，每个组要找到三根彩绳才算挑战成功。

小梦和夏希在一组，胆小的两个人抱在一起，感叹为什么没有和真奈美分在一组。两个人手牵手，头挨头，一步步小心地往森林里走去，同组的高个子男生小林，负责举着手电照明。

“会有什么东西出现吗？”小梦弱弱地问小林。

“不知道啊，我听上届的前辈说，这个森林还是挺神秘的。”

一阵风吹过，树叶沙沙作响，夏希一把抓住小梦，大喊起来：“啊！”小梦也下意识地跟着夏希叫了起来，两个人的“啊”声响彻山谷。看到夏希和小梦如此胆小，小林开始捉弄两人。“你们看，右前方有个白色的影子在动。”

小梦和夏希不敢抬头，抱着脑袋说：“那是什么啊？小林，你去看看！”

小林突然拍了下小梦的肩膀，“哇”地大叫一声。

“啊！”小梦和夏希的尖叫声，再次响彻山谷。小梦和夏希此时已经被吓哭了，两个人不敢起身也不敢睁眼，但为了完成任务，又不得不跟着小林往前走，最重要的是两个人手里没有灯，想回也回不去。小梦和夏希抱在一起，两个人龟缩着前进，终于爬到了第一个目的地。就在三个人用手电找彩绳的时候，一束光突然出现在他们眼前，一个穿白色连衣裙的身影，把小林吓倒在地上。小梦和夏希还没来得及尖叫，鬼就说话了："恭喜你们找到了这里！"小梦仔细地看了看，原来这个"鬼"是二班的班主任扮演的。就这样，三个人继续壮着胆，往另外两个目的地走。被二班班主任吓过以后的小林同学，也许是知道了这个森林里确实有自己不能掌控的力量，也许是知道还有比自己更会玩儿的老师，总之，在后面的一段路上老实了许多，时不时还会主动照顾一下小梦和夏希。在确定所有吓人的人都是自己认识的人之后，小梦和夏希胆子也大了起来，觉得害怕的时候，就先大声地喊出来。完成任务后，全体学生一起愉快地去大浴场泡了澡。

也许是前一晚太刺激了，也许是离开家睡得有些不习惯，第二天一早，全员爬山的时候，一向体力不错的小梦竟然有些体力不支。毕竟4个小时一直爬山，是小梦从出生以来，完全没有过的经历。

"小梦加油！你可以的！"真奈美自己虽然也很累，但还是在小梦身边，不停地为小梦鼓劲儿。

“真奈美，你不累吗？”小梦不可思议地看着真奈美。

“累啊！但是也要坚持啊！如果一直说累，就会觉得更累的！”小梦仔细想想真奈美的话，觉得确实十分有道理。

“啊！”一个男生发出一声尖叫。

“小心！不要打闹了！好好看脚下！”几个老师大喊着！

原来前面的男生推搡着打闹，差点从陡峭的悬崖上跌下去。老师吼过这一声后，队伍安静了许多，也许是大家看到悬崖都有些害怕了。小梦抬头看看两边，感觉这段路走了很久，风景也没有什么不同，一样的树木、一样的山石、一样的土坡，茂盛的枝叶遮蔽着远方。小梦有些后悔选择爬山，早知道爬山这么辛苦，还不如和夏希一起去上木工课。

“啊！真奈美，我好后悔啊！我应该和夏希一起去上木工课。”

“小梦！别放弃！等到了山顶，你就知道所有的努力都是值得的！木工课在哪里都可以上，但是这里的风景，只属于这里啊！”

在真奈美的鼓励下，小梦一鼓作气，手脚并用地往上爬，就这样大家足足走了7个小时才到达山顶！

“哇！这里好像仙境一样！”率先爬到山顶的同学们尖叫起来！

终于，小梦也爬到了山顶！

青山间，云雾缭绕，远处的山峦就像一幅水墨画，时隐时现，时高时低。

老师找了一块空地，铺好餐垫组织大家野餐。不知道是爬山太累了，还是风景太美了，小梦觉得那天的饭团特别好吃，每一粒米都十分香糯。

“大家快来看啊！”一个男生大喊。

同学们顺着男生手指的方向，发现云雾的缝隙间可以看到整座城市，高高低低的房子，就和小梦在飞机上看到的一样。小梦心想，原来诗里不是骗人的，真的要站到山顶上，才能一览众山小。

晚上回到营地，大家一起做咖喱饭，因为在三年级的家政课学习过，所以大家做起来都有条不紊，得心应手。看着百代、小爱、小明忙忙碌碌的身影，小梦觉得很神奇：以前在幼儿园和百代、小爱、小明玩过家家的时候，大家是用沙子做咖喱饭，短短五年后，几个人居然能聚在一起，用真正的食物、真正的炊具，做出一锅真正的能吃的咖喱饭，太不可思议，这就是成长吧！校园生活真的教会了小梦很多东西！

吃过晚饭，全年级的同学一起参加篝火晚会，这是最令小梦感动的时刻。举办篝火晚会的营地在半山腰，点篝火的火种需要同学们从山下住宿的营地带过来，这样每个班都获得了一把“圣火”火炬，4个班的火炬手，举着自己班级的“圣火”带领全班师生在暗夜里前行。微暗的山上亮起几把明火，队伍里的手电筒散发点点光芒，映衬着星空，显得特别有仪式感。

走到山腰后，全体师生100多人围成一个圈，用四把火炬同时点燃篝火。大家围着熊熊的篝火，一起载歌载舞！上山的途中，小梦短暂地拿了一会儿火炬，虽然只是短短的几分钟时间，却让小梦感受到了奥运火炬手的荣光。

篝火晚会的最后是总结发言，每个人用一句话总结这次旅行的感受。对于害怕在很多人面前发言的小梦来说，这一次的发言却特别的沉稳、自信。小梦认真地向大家致谢，感谢这五年来，大家对自己的关照，很开心能够和大家一起度过美好的小学时光。

发言结束，大家又欢乐地跳起舞来，小梦不记得那天究竟有多少人和自己说过谢谢，也不记得有多少人和自己说过对不起，小梦只记得，那天最后，鞠躬道别的时候，大家都哭了！

最美的下雨天

“这张照片太逗了！”

“这是我们的睡衣派对！”

小梦和夏希、真奈美一起在走廊上看照片。自然学校日结束之后，老师们把照片冲洗出来挂在了走廊上，每张照片都标了数字，如果学生喜欢哪张照片，就可以写下数字，之后花20日元购买。

“小梦你看这张，这是禅坐的时候拍的！你禅坐的时候真像个和尚！”夏希发现了一张小梦禅坐的照片。小梦悄悄对夏希说：“哪有啊！我那个时候一直在偷看，看旁边的人有没有睁眼！”夏希忍不住笑起来。

“小梦，你还记得第一天我们在走廊被罚站吗？”真奈美问小梦。

“当然记得了，半夜12点因为打手电聊天，偷看漫画，被罚站了30分钟。”

“小梦你快看这张！”夏希像发现了新大陆一样，一把拉过小梦。

“这不是小林吗！咱俩看起来就像要抢劫他一样！”照片的中间是举着火炬的小林，冻得发抖的小梦和夏希站在小林两边，两个人因为太冷把手藏到了袖子里，但照片拍出来却像两人都把手放进了小林的口袋里。

“买下这张吧！哈哈哈！”夏希笑着说。

“哇！这是告别时刻！”

“对，那天全乱套了，我就记得大家都在告别，各个房间的门缝下都塞满了告别纸条！”

“对，真的是全年级告别大会！”

三个人站在走廊下，就这么一直看着照片，笑着、聊着，院子里的雨淅淅沥沥下个不停。

“走吧！我们去淋雨吧！”真奈美提议。

“啊！啊！”三个人一边尖叫着一边跑到雨里。

一瞬间，衣服和鞋子都湿透了，每个人的脸上、睫毛上都是雨水，已经快看不清彼此，三个人互相望望，觉得又疯狂、又开心！三个人开始在雨里大笑、大叫。

“我——好——开——心——”

“淋——雨——好——棒——”

“我不想转学，不想和你们分开！”小梦突然大喊。

“啊？小梦你要转学？”

“我们永远是好朋友——”小梦继续大喊。

“我喜欢山本！”夏希突然蹦出来的告白，把小梦和真奈美吓了一跳。

“啊？夏希你搞什么！怎么突然告白起来了！”

“哈哈哈哈！”三个人大笑不已。

下大雨的路上，没有行人也没有车，只有吵吵闹闹的三个人。就这样，三个人一路上扯着嗓子喊到了夏希家，看着伫立在夏希家门口的面包超人立板，小梦和真奈美一起吐槽：“夏希你怎么每天都站在自己的家门口！”听到说话声，夏希的妈妈从屋里出来，看到三个淋成落汤鸡的孩子站在门外，被吓坏了，急忙喊三个人进屋。

三个人披着浴巾，吹干头发，大口吃着夏希妈妈为她们准备的糕点，回想起一路淋雨跑回来的滑稽场面，忍不住大笑起来。

那是小梦第一次爱上下雨……

再见，日本（终章）

放学路、通学路。

这一天，小梦异常慢速地在路上走着。

关着门的园田幼儿园，儿童之家，路边卖烟的小报亭，公共电话……

小梦仔细地盯着路过的每一栋建筑，每一个同学的家，每一间熟悉的商店。从来日本到现在，这里几乎没有什么变化，唯一变化的就是小梦长大了，以前摸不到的地方可以摸到了，以前要走40分钟的通学路，现在10多分钟就能走完。

平时走在这条路上，小梦只想着快点儿回家，然后出去玩，很久都没有认真地欣赏过沿途的风景。小梦记得这里的每一处景致：哪里的花几月会开，哪里的树叶几月凋落……小梦走在路上，想到也许这是自己最后一次走这条路了，心里不禁怅然。

四年级的时候，妈妈下定决心，要带小梦回中国生活。不愿和大家分开的小梦和妈妈商量，想参加完自然学校日再离开，妈妈点头同意了。同学们把对小梦的祝福都写在了两张留言板上：一张是全班男生的留言，一张是全班女生的留言。留言板上写满了祝福的话：

“中国的学校是什么样子的？你会被打手板吗？”

“我们给你写信，你能收到吗？”

“初中、高中的时候，你还会回来吗？”

同学们的这些问题，小梦都回答不了。

“你会忘记我们吗？”

“不会！”

这个问题小梦的回答很肯定。

出发当天，小梦的妈妈叫了一辆出租车，准备去车站搭机场大巴。

大件行李都已经被打好包快递回了中国，小梦拎着小行李箱走在妈妈身后，就像当年刚来日本的时候一样。

“小梦！”小梦一抬头瞬间被震惊了。

由以子、小唯、夏希、真奈美、Marin、百代、阿酱……大家齐刷刷地站在小梦家楼下。

“我们会给你写信的！”

小梦坐上出租车后，大家跟小梦挥手道别。

小梦坐在车上，一直挥手，直到转弯后再也看不到大家的身影。

“我们一定会再见面的！”

后记

非常感谢您阅读这本书。

就在刚才，作为“旁观者”，成年的小梦有哭有笑地看完了《小梦通学路》。

撰写并出版此书是我一直想完成的事。我特别希望，在自己还能清晰地想起这些往事的时候，把它们记录下来。

这本书讲述的是一名普通的中国女孩，在20世纪90年代末期，随家人来到日本的一座小城市生活、成长的故事。书中的每一个故事，都是真实发生过的，毫无虚构。书中每一个人物的名字，或是真名，或是谐音名。

（我很抱歉，私自做了这个决定，虽然没有经过失联友人的同意，但我想，我们的故事能够出版，他们一定会很高兴。）

令人感到悲伤的是，在我写这本书的时候，书中提到的人中已经有六位离开了这个世界：小梦的姥姥、姥爷、爷爷、奶奶、二姨，还有——小唯。没能拥有足够的能力去保护和照顾他们，没能和他们好好地告别，是我最大的遗憾。

这本书对我意义重大，不仅因为我想要借此机会告诉他们，他们对我有多么重要，而且，我也想以此来向所有曾经出现在我成长道路上的每一位帮助过我的人，真诚地道谢。

随着年龄的增长，我越发觉得童年这段时光对我整个人生的影响有多么深远。对于一个孩子的成长来说，父母、亲戚、邻居、老师、朋友……每一个角色都在发挥着不同的作用。

小梦是幸运的。

虽然，成年后，我已经不记得小时候每天要做多少功课，但我记得，自己有一个充满爱的家庭；有尊重孩子，愿意蹲下来和自己说话的葛木老师；有严厉教自己各种规矩的青木老师和菅沼老师；有希望自己长大后能做中日友好桥梁的荒木老师；有替自己保守秘密的小卖部阿姨；有会微笑着打招呼的社区邻居；当然，还有一起冒险、分享喜怒哀乐的朋友们……

虽然有因语言不通而导致的尴尬，有丢人的“尿裤子事件”，也曾因违反纪律被老师严厉惩罚，甚至遭遇校园欺凌，但这就是成长，这条路上的苦涩也许会迟到，但从未缺席。

有意思的是，书名中的“通学路”，是我有一天看到一张老照片突然想到的。照片上显示着这样一幅场景：在我上学的路上，路边盛开的樱花树下，我面带灿烂的笑容，比着胜利的手势。

大家总会把人生比作一条道路。对我来说，从家通往园田爱儿园和小园小学的这条路，每走一次，就意味着成长一分。

我想，人生一定还会有许多这样的路，所以，选择了这样的书名。

本书能顺利出版，我要感谢很多人。

感谢我的策划编辑，这些年我的造梦师——孙勃老师。如果没有他，就不会有这本书的问世！

一开始，我跟他说，自己想要写一本“童年传记”，对此，他曾有过担忧：这样的故事想要被市场认可，会有一定的困难。但在接下来的数月里，他并没有抱怨，更没有放弃，而是默默地想办法，去找寻一切出版的可能性。甚至为了能够对故事有更多的代入感，他愿意主动了解日本文化，自学了两本标准日本语教材！

他说想要成为一名日剧里看到的“不普通”的编辑，努力把好的内容带给读者。我想说：孙老师，你已经是一名非常优秀的编辑了！

感谢插画老师，把我的故事绘画得如此生动可爱。

感谢中国财富出版社，感谢所有为本书默默付出的工作人员。

感谢我的爸爸、妈妈，让我的人生如此精彩，让我能够有如此幸福的童年。他们永远是我的超人！如果我有女儿，可能我做得远不如他们。

爸爸谨慎、细心的性格是我安全感的最大来源，他总是让我对万物充满好奇，鼓励我大胆尝试。

妈妈也已成为我最崇拜的人，她50多岁仍笔耕不辍，一直在努力做更好的自己。谢谢妈妈为我的书画了纪念画（书尾）！

感谢所有在书中，在我的人生中出现的人，是你们为我的记忆增加了无限色彩，在成长路上给了我很多的爱！

最后，感谢你。

也许行色匆匆冲淡了你小时候的故事，也许深谙世故让你关上了重温美好的大门。

世间的事情有太多的不如意，世间的故事有太多的不确定，不过，有一点我很确定：如果小梦的故事能为你带来一点温暖、一丝共鸣，如果合上这本书，你能以温柔的心态去面对身边的人，我将会感到十分快乐。